Red show

Nouvelle

Par Malelle.D

Red show

Nouvelle

Par Malelle.D

© **2025** D Malelle
Édition : BoD · Books on Demand, 31 avenue Saint-Rémy,
57600 Forbach, bod@bod.fr

Impression : Libri Plureos GmbH, Friedensallee 273,
22763 Hamburg (Allemagne)

Illustration par Rumjacks.
Conception : Rumjacks (rumjacks@proton.me).

ISBN : 978-2-3225-5874-2
Dépot légal : Février 2025
Mise à disposition des mineurs interdite (article 227-24 du code
pénal)

A lire en écoutant ses morceaux de musique préférés. À vos playlists et casques…

PRÉFACE

Possession d'ombres du soir, au ralenti. Virevoltant dans les airs, sous des astres compréhensibles en pensée. Aux laves coulées… Contrastants entre l'ocre foncé et la clarté. Cyborg aux pigments colorés, code couleur rouge, en rapport dispo. Ventilée dans le flow. Electric body brillant, diffuseur chargé. New burlesque, au casque assimilé, dans un club surchauffé. Révolution dans tes récepteurs, sons te grisant, aux messages composés.

B-side… sous des rubans de LED, bandes cyan… Atlantique.

Jeux de lumière marine, en vague. Et en face B…

Collisions des notes évoquées. Volatiles pensées… à décrire. Au rythme fanatique, séquencé. De voies parallèles, aux numéros proposés. Sous un virement de lune sensuel, couleurvrine. Comme le Kai-Riu sans ailes, rouge d'aniline. Survolant les terres lunaires, sanguines. Set en variété, dans la rougeur tsuki, éléments clés innovants. D'impro microrééditées.

« Vibre, vocale au timbre clair… »

En compression précise, éphémère. Like burning desire…
Niji no hoshi, automate en grand écart maximal, aka.
Strip-teaseuse élégante, sensuelle, aux artifices thermo-
plastiques ou de cobalt. En soirée, bleu nuit acier, offerte.
Équilibriste boréale, alternant dans la haute atmosphère.
Mythe en grâce. En translatives lignes courbes, donnant,
vives. Sous des étoiles brillantes, de fluorine verte.
Mouvements créés, harmonieux, en figures corporelles
démonstratives, comme entrée en matière. Gravure
ensorcelante, en innovante pensée et t'introduire comme
sujet… languide.

« Toi, pop art rétro… »

Watashi wa… rubidesu.

Sensation sombre, dans la rougeur de ta vie. Loin des
spots, sous une pluie d'astres tangibles ou masqués.
Dénommés… contrastants entre le bleu profond et
la clarté. Cyborg en résines appliquées, code verni rouge,
honorée de louanges. Fentes alternées… entre tes jambes
démesurées, si fines, brindilles. Tige platine, laxe,
à la parure ocre, ornée.

« Hauts de tes cuisses bottés. »

Désir montant et inversement, lors d'un déplacement
en lune cyclique, serpentine. Comme le Ryu sans trafic,
rouge capucine. Plongeant dans les mers lunaires, sanguines.

B-side… sous des trames de LED, morceaux bleus…
Atlantique.
Jeux de lumière marine, en vogue. Et en face B…

Comme le plaisir enivrant… Niji no hoshi, danseuse, tu disparais sous ton masque nacarat. En grand écart facial. Aérienne de Mars, disloquée aka. Effeuilleuse gracieuse, belle, aux artifices acrylique ou de cristal. Rite en grâce. Par une nuit lunaire perverte. Artiste métal, tournant dans les airs. En inventives lignes courbes, soudaines, rapides. Sous des spots brûlants, d'aigue-marine verte. Lors d'un changement de lune profond, couleurvrine. Comme le dragon précieux, touche tangerine. Effleurant les pierres lunaires, sanguines.

« Toi, pop art culte. »

Watashi wa… cheridesu.

Inspiration moins sombre, dans la tiédeur de la nuit. Loin des lumières, sous un astre subtil comme gommé, murasaki. Calme et volupté… Contrastant entre le violet clair et la clarté. D'un Host Club… pacte de l'eau, près de moi, en vénération livresque. Trouble entre nous, nuit en passagère, funambulesque. Red line en vers courtisane d'un Dohan. Dessinant des frontières, en vapeurs aériennes, entre mon cœur et tes paupières.

Nectar en délice cristal.

Comedy rouge corindon, en fusion, t'étreinte. Et feintes atteintes simulées, en des teintes saphir-rubis spectrales. Kabarett rot… Hisse ton corps sans à coup, doucement sans arrêt.

À l'orma levitée…

Sur une ligne de basse, remixée. Oscille zélatrice Akane, encline. En estampe, figure flottante d'une vamp. Niji no hoshi, joueuse, dissimulée de bas en haut, incarnat. Cyborg postural. De feu, désarticulé aka.

Strip-teaseuse raffinée, manuelle, aux artifices synthétiques ou de métal.

« Cite en grâce. »

Dansante perpétuelle. Par une nuit noire couverte. Contorsionniste fatale, pivotante dans ta sphère. En captives lignes courbes, présentes, sensibles. Sous des LED fumantes, d'opaline verte. Émotion en pénombre, tard d'énergie. Nageant dans la mer, sous des astres qui scintillent, en points rouge orangé.

Céleste par milliers…

« Toi, pop art en dédicace. »

Watashi wa… jonetsu-tekidesu.

Soumission dans l'ombre du passé, assouvie. Quittant la Terre, vers des planètes invisibles ou oubliées.

Aux pleurs écoulés…

RED SHOW

« Ich wollte dieser Elf sein. »

Possession sombre dans la torpeur de la nuit. Loin de la lumière, sous des lunes perceptibles ou cachées. Force des marées… Contrastants entre le jaune pâle et la clarté.

« Ich wollte… »

Rutilante de la nuit. Fragments qui miroitent les désirs. D'une barre verticale s'éclaire d'un fond mélodieux. Atomes de prestige, rouge cardinal, aka laqués. Coups de reins rythmés. Brillante, lustrée en une bouche, d'un rose vintage grisé, Sakurairo. En une plongée vertigineuse, folle, extrême qui vous entraîne… Avançant plus à fond, en des seuils abyssaux. Face aux soleils rouges irradiants, délices-araignées, lèvres vermeilles gourmandes, dévorantes, immenses.

Higanbana… de racines de Garance wranta.

« Dérobe l'air vibrant de ta nuit aka. »

S'élève volante en koinobori colorée. Bleu de safre, vert, abricot, en une mosaïque nuée… Au souffle charmant venant du vent. Caprice du temps. Drapée dans la clarté safran. Belle, au fard de fleur Astilbe, plumeuse, rouge précieuse. Ligne denim visionnaire, sur toi orgasm time vers le cap horizon de minuit… Regard vert contour tonnerre d'Akane. Véga passant du bleu spectral au rouge cardinal. T'épanouissant loin de ta base lunaire. Sublime, aventureuse au perceptible… Et apparaître fléchissant ton bassin vers l'avant, pour un jour… peut-être. Baignée d'azur pur. Et chavire… Rubinrot in hot. À l'alizé régulier transporté. Tel un vent délicat, allié, parfumé.

Washi doré.

« Et circule… en ondes nuancées. »

Au centre d'un clubbing, dans une ambiance diaprée, ornée, feutrée. Lounge Bar concept… En version du valet obscur, en renversé. En une irrésistible attractivité… Podium et rythmes stylés, tu animes Akane. Metal-künstler. En inventives lignes courbes, soudaines, rapides. Désir subtil, sensoriel et manuel. Par toi… archange principal, actinium messager adepte. D'un Host Club… Pacte des flots, près de lui, en adoration livresque. Trouble entre vous, nuit en émissaire, burlesque. Red line en vers courtisane d'un Dohan. Traçant des frontières, en torpeurs aériennes, entre son bonheur et tes paupières. Tu te révèles. L'esprit de la beauté s'est saisi d'Akane. En position privilégiée… Effet plaisir d'arc renversé. Vocalise en des sons modulés. Les frôlant, baladine sexuelle, dénudée. Prodige, jouissante sous ta lumière alizarine, l'espoir renaît. De frénésies incandescentes à venir… Contre ton âme Psychotria Elata, intense incarnat.

« Et disperse… en une clarté d'été. »

Red show… Aux lueurs purpurines. Glissons le long… de tes reins en marche. Du sublime, vers la direction de ta bouche florale Komachi Beni. Rouge messagère, à l'exhalaison découlant de ton passage, aux fragrances de Néroli. Suave en des hespéridées fleuries. Dans l'espace éclair, plaisirs démultipliés.

Ichi, ni, san… suivant le quatrième interligne sur la portée…

D'ébat abyssal et digital. Au son delta, binaurale Nova. Frisonnements Vesta en épelant ton nom, menant tes pas au couplet de l'eau. Et chancelle… Rubinrot in hot. Pour aboutir à l'espace Club d'azur clair. Ombrelle posée, goût cerise papier mûrier. Sur un comptoir de bar vert cyan, en miroir plan de vérité. Rétroéclairé d'initiés. Le long des platines, en zone de contrôle qui plane.

Nectar en délice cristal.

Prolonge dans le rose céleste spectral… en caresse, grâce océane. Comedy rouge corindon, en fusion, t'empreinte. Et feintes contraintes affichées, en des fréquences cramoisies buccales. Plongez dans cette encre profonde. Têtes légèrement inclinées en arrière. S'enlaçant, s'abandonnant. Vous ne faites plus qu'un en ce monde. Pas d'attitudes réservées… Zoom en détaillé… et raconter, in the back-room agencée, sur épreuve gravée. Club zone en posture d'amazone, jusqu'au réveil… et inverse. En des plaisirs, s'égare reflétée, contre des murs des indiscrets. Au regard de jaspe, croissants lunaires.

« Et découle… en cercles aveuglés. »

Kabarett rot… Renverse Mecha cambrée, red-bass en des courants réguliers. Par ta bouche rose dragée, en Sirup glace. Lèche les… contours dans l'axe. Va et viens d'ondes de gravité. En tes coups de reins cadencés. Climax… Prémices de splendeurs en cascades écarlates. Backlast… pas d'entre-deux, vague à l'ennui. Sens et impressions, tout du long. Mains autour de ta taille vers l'avant, voyage fou et déraison. Fleur de Vénus en position, à hauteur d'envie. Orgasm time, avec saveur en bouche umami. Non pas d'entre-deux, sage, pali.

Soulève ton corps sans à coup, union du Lotus en majesté, lentement, sans arrêt.

À l'orma levitée…

Sur une ligne de basse, syncopée. Oscille zélatrice Akane, encline. En estampe image mouvante d'une vamp. À la chevelure telle des lianes interminables, tentaculaires. Suggestive, lent, en revue excess. Strip-teaseuse en BEAT, contractive, hostess club, suivant l'accord posé sur clavier, à trait d'union par extension, altesse. Aux implorations dissimulées. Légère féline, au-dessus et adroite aisée, s'éclaire d'adamantine. À la teinte ambrée, félidé léchant. Lèvres pulpeuses corallines. Ligne éclairée rebaptisée Sensualité… fine exquise effleure-t-elle rouge alise… et attise. Sur accord dropé en chœur. En idole, signe UFO, ligne de feu Ryusei, émettant en bips. Lançant des sons lancinants, elle peut affligée. Posture vocale arc-en-ciel, sur le côté.

« Entre tes cuisses écarlates fuselées, tes seins déferlent des flots de plaisirs en se courbant. »

Sous l'arche en feu au dégradé de bleu. Sur un single exclu, court, pour ton show isolé. Oscille vaticinatrice, Akane des origines.

« En phase… Se trouble incarnée vers des panneaux

rougis des indiscrets. »

B-side… sous des LED night Club fumeux.

Jeux de lumière, boules disco rotatives designer. Et en face B…

Aura de scandale en rotation, éblouissant, contraire. Yuna DJ charnelle, aux traits d'amande rouge sang, vivants. Coiffée d'un carré lisse et frangé, rose chaud, métallique. Collision des notes évoquées. Volatiles pensées… à écrire. Au rythme érotique, séquencé. De voies essentielles, aux numéros composés. Sous des spots brûlants, d'aigue-marine verte. Jonctions de toutes les fréquences, de toutes les nuances. SET en variété, dans la torpeur tsuki, éléments clés contenants. D'impro microrodées.

« Vibre, spectrale au timbre clair. »

À l'inflexion précise, éphémère. Loin de l'aube au crépuscule, en perspective, limitant l'obscurité. Déplacements lents, étudiés, unis. En une accroche, un passage bref riff… comme une intro en ligne musicale. Tu ressens, pareille à une envolée. Sous un souffle pur, léger… ta mélodie. Vecteur logo design reconnu en une signature sonore érotique, métrique, superposée.

Comme une enseigne, LED aux néons, lumineuse, outrageuse.

S'éclaire incarnée sous ce panneau coloré des indiscrets. Et envoûte masquée, en trajet gracieux, précieux. Explosion de désir dans tes vœux. Théâtre de silhouettes en formes lascives, nettes. D'ondulations, de ton corps, de tes mains harmonieuses. Coiffée d'un faisceau lumineux. Naissant du centre éternel… Sous ce spotlight fluorescent, tel un serpent rouge corail, ravivant les mauves, bleus vifs en pluie… nocturnus. Longueur d'onde associée, comporte du feu enivrant, d'énergie puissante. Partitions musicales mesurées en des bruitages sonores, d'assistante M.A.O en transe.

« Et diffuse… en son âme illustrée. »

Sensible maîtrise d'un ensemble en solo. Tendant les bras bien droits, diva. Sens le souffle de ta liberté. Réchauffant les cœurs galvanisés. Cou découvert de belle manière, sensuel d'excitation. Créature animée en filigrane… au masque lupus, métal brodé, soudé. Caresses exercées en étreintes empressées, déchaînées. Aux jambes en division, opposées, brillantes, frémissent de chaque côté. En cet espace, entrecuisse, en main se hisse… sans bruits, belly d'abysse. Vers l'ultime. Automatique body mutant, vecteur chargé. Subversive exprime tes émotions poétiques. Exploration en ton corps obscur symbolique. Sur une ligne harmonique…

New burlesque au casque intégré, dans le champ… morcelé. Révolution dans tes mains argentées, sons te caressant, pâles émaillées.

Contre ta parure de métal, en aile de papillon. Aux angles arrondis, Mangina argus.

Structure comme posée… Sur ta joue, en arc brisé, delta versus. L'ondoiement de ton corps, au vent d'antan, banc de sable kiiro, enveloppé de leurs voix murmurantes, chuchotantes… t'apaise. Une sensation de bien-être t'envahit. En une tranquille onde pure, mizuiro, limpide. Comme une légère brise frôlant ta peau, au souffle doux, frémissant. Arcure, courbure et mesure. Protégée par Abéona… qui préside. Toi diva, aux yeux clos, de nature admirable, aventurière. Permanence dans cette courbe temporelle fermée, de manière irréversible.

Au point culminant… de ton plaisir. Ampliation, écrasement du temps pour toujours… amour.

Podium, en scène, Viva Magenta, réactive, au delirium rouge éclatant prononcé. Percutant un sol Azulado bleu azur. Armure s'épanouissant, champs de délices, parée de perles nacrées, aux formes sculpturales irisées, allant du jaune au violet.

En papillon uni, goutte carmin de minuit…

Évanescente, prisme teinté… éprise.

Qui étreint dans un baiser. Le balancement de ton corps, au courant marin, banc de sable kiiro, caressé de leurs doigts éffleurants, possédants… en braise. Une excitation vient de paraître, suivie. Jubile cambrure, ao, rapide. Comme une éphémère surprise capturante ta peau, au remous, jouissant.

Podium, en acétylène, Viva Magenta, explosive, au delirium pourpre fluorescent pulsé. Foulant un sol Azulado gris bleuté. Structure se déployant, vallée de lys, aux reflets ambrés, aux formes ancestrales variées, droites ou spiralées.

En papillon joli, goutte jasmin de nuit…

Évanescente, prisme coloré… emprise.

Qui atteint dans un baiser. Électro Machine excentrique, habitée, tu t'élances sur un jingle en thème. Sons effets… perdue, enchaînée entre deux séquences. Voix et inflexion dans l'air. Reins cambrés en esprit d'ambre pâlit,

Hestia spirit, aux iris topaze de mer. Cyborg déluré, aux pigments métallisés, code couleur ocre, en raccord fondu. Ventilée dans le flux… Fente alternée… entre tes jambes immenses, si fines, brindilles. Tige platine, laxe, aux reflets métallisés.

« Hauts de tes cuisses lacés. »

Désir montant, descendant… Sous un mouvement de lune sexuel, couleurvrine. Comme le Kai-Riu sans ailes fines, rouge d'aniline. Survolant les terres lunaires, sanguines. Tiefe Rotation… Slow movement exotique en penché, jambes cuissardes écartées, vernies en esprit, au soupir incliné. Et gémir… Brillante d'un bel éclat en cordes pour le shibari, attachantes qui lient. Du clan des kanji et tu signes. Sous un spotlight brûlant, serpent rouge, traversant les roses, oranges vifs infinis… nocturnus. Durée d'orbe passionnée, en feu immense, excitante, de vie intense. Formes musicales variées en des bribes sonores, d'assistante M.A.O en enchantement.

« Et diffuse… en mon encre intensément teintée. »

Inversion mime de meneuse, voltigeuse de pleine cambrure. À la peau lunaire, constellée. Lors de ta danse de cour ou lueur prisonnière, tu t'animes dans ta bulle. Sphères insére, de jade, de cristal serti. Accrochées ou séparées en sensations, excitations. De ton tartan rouge, au beau patronymique d'intensive couleur. Affichant fièrement les armoiries de ton clan. Teinture issue des plantes, au vent stellaire bercé. Cellulose androïde en scène circus, tu aimes fort et tu cris. Organique en choc, rouge trafic. Au protocole suivi, crash test sur ton corps sans pose. Adage en variétés… tu entends cet appel en merveilleuse circassienne. Comme un pantin désarticulé, sous leurs yeux exorbités. Juste là… Vulcanienne. Akane kirschfrau, toi… dernière du spectre perceptible, être volatil, vaporeuse. Élégante, glissant le long d'un sol drama, laqué. En pointe, sommet de cœur, au souffle caché par-là.

Watashi no ai.

Mouvements composés voluptueux, en figures charnelles démonstratives, comme entrée en matière. Gravure captivante en création élaborée et t'introduire comme sujet… languide.

« Drücke mein Herz… »

Contre la vapeur épaisse ou brouillard projeté. Particules d'eau… Ombre qui sombre… en penché. Dans un club neonkan, lumière et visions stéréoscopiques du light jockey, pop shinku, envoûtante laquée en représentation tu le sais, sur une piste brillante. Aphrodisiaque, aux formes érotiques, flamboyantes, optimales, singulières. Aux yeux pers, vert sinople, songeuse t'effeuillant. Aux mouvements lents, descendants. Gestes puissants, dans l'air étouffant, fantasmes et réalité. Aux contours admirables, pleins de légèreté. Désirs violents, doux à fort dans ta bouche… brûlants. Rêveuse pensive, s'excitant. Fatale, aux coups de reins cadencés, mecha entièrement nu, en talons aiguilles rubis, touchante, galactique. Tu es évoquée. Aux rêveries mélancoliques… Fente de timidité par le sol, dans les airs, rougissante. À l'orma de mystère, basse, intense. Effleurant les flots. Joli espace entre… Guidée dans un monde sensible, cachée sous une apparente fragilité. Aibu-chu… Molécules de micas niji. Liqueur salée koketsuna. Partant au long cours, dans le royaume corail vermillon de l'intense éblouissance, sur la terre de suna.

Natsukashiku…

Call-to action affichée, accrocheur des manipulés devant ce cirque-variété. Akane, prototype polaris, lumineuse incendiaire akarui, dansante, viridis dans la lumière de la nuit. Geigi aux nuances nobles, laquées, arborées. À la vue de prasine en demi-lune étendue. Air sidéral dans son assemblage artificiel, en son fort intérieur à protéger. Non natif… Essence indépendante en suite. Akane capucine, humaine machine, aux engrenages, cellules artificielles, reconstruite. Et mixte, en une unité centrale, de processeurs intégrés. Vivante biologique, informatique en une logique de l'éveillée. Évocation… et tu bruisses autour de ta langue, sur une barre. Déclinaison variable, enserre d'une bouche grande ouverte, maximale, rose pâle, érotica rythmée. D'un stop ralentisse… Lèvres en arrière, particulières, arc de cupidon à l'attraction.

Suki desu… kuchi no naka no shita.

« Tu es extrême »…

Moment sensuel, langoureux.

Chronologie en elles, lèvres contre lèvres mouillées.

Carminée Akane en un flash.

« Du bist fließend… Vénus ».

Puis Uranus asynchrone avec sa lune orangée d'ondes, au-delà bleu de prusse.

Peu élevée sur l'Olympus.

Chronologie au pluriel, langues contre langues mélangées.

Akane ultra trash.

« Du bist rot… Vénus ».

Pluton en synchrone avec l'astre sélène par-là, bleu de prusse.

Vinyl skin, accession physique bien en dedans et tu cries de tes éblouissements et plus.

En parade circus…

Déchet piloté, à très haut degré, dans la grande coulée. Nouvel élan de vie, aux flammes dévorantes, activées. Ton corps d'argent, d'aplomb, se transforme pour avancer. Point de fusion, brûle-fer s'accomplit. Sans ton armure articulée, cuirassée, tu inspires. Efficience d'une pièce finale, terminale rougie. Étends ton spectre sans excès, telle une blume étrange à l'aspect cramoisi chromé. À la fragrance de l'or chauffé, au souffle subtil. Apprêtée… compressée en cabine. À la vie, à la mort réelle ou non, voilà ce qui se joue. Exécute en danseuse de corde shibari, peu distraite, virtuose, à grande hauteur, sur ton fil-de-fériste, ta scène périlleuse, langoureuse. Équilibriste royale, déconcertante, d'éblouissante. En cyborg en marche, face aux embûches. Coordination par-delà les galaxies connues. Puis reprends ton souffle… Anmutig. Couchée à même le sol réchauffé. Rote Blase… A l'espace mystère, en douze constellations. Akane, pépite rubis comme possédée, caresses d'envie, particulières pas contraires. En formation et gère de passion. Aspirée… en un monde Mizuki, loin de la Terre.

« Élance toi… ich weiß. »

Caustique Machine. Roter Roboter. komm näher… Vénusienne ferrique, gin mekki, au bruit métallique. Tourne autour de toi, très lentement, c'est çà. Affole-les en gravité. En un tour et puis s'en va… lyrique.

Cuirasse aveuglante, articulée, en un rigide bouclier.
Rouge écarlate, glacée. Casque en cercles de métal
renforcé, lourd tragique, lamellaire. Hybride implanté,
brain chip à l'amplificateur incorporé.

Seul ton visage antique est exposé... armatura.
En résonance...

Armure ardente, lustrée, en un solide bouclier. Rouge
écarlate, lissée. Casque d'acier décoré, lourd tactique,
similaire. Hybride greffé, brain implant au numériseur
intégré.

Seule ton âme antique est vénérée... armatura.
En écho...

Structure étincelante, contrôlée, en un valide bouclier.
Rouge écarlate, unifiée. Casque avec écouteurs galvanisés,
lourd balistique, intermédiaire. Hybride transplanté,
brain computer au scanneur inséré.

Seule ta bouche antique peut s'exprimer... armatura.
En effet...

Steigerung und Umwandlung in Leistung eines
wiederholten elektrichen Signals.

Ichi, ni, san... sur la quatrième planète ocre de dunes.

« Ich wollte dieser Alp sein... »

Réédition en nombres des soirées, au ralenti. Pourfendant
les airs, vers des astres lisibles ou camouflés.

Aux larmes coulées...

« Ich wollte... »

Chatoyante de la nuit. S'éclaire d'un vif rouge de Mars, de feu. Atomes de prestige, carmins émaillés. Taille remontant et inversement. Sur ta barre d'apparat, entre l'orangé sacré et pourpres, au fond d'une gorge serrée, Sakurairo. En une plongée vertigineuse, folle, extrême qui vous entraîne… Introduisant plus à fond, en des seuils abyssaux. Face au sommeil rouge s'effaçant, des lys araignée, aux prunelles hypnotisante, stimulantes, intenses. Higanbana… de la tenue de Garance wranta.

« Capture l'air dansant de ta nuit ao. »

S'élève aveuglante en koinobori reflétée. Bleu de smalt, rose, abricot, en une mosaïque nuée… Au souffle clément venant du vent. Caprice lent. Drapée dans la clarté safran. Belle, au fard de fleur Astilbe, plumeuse, blanche précieuse. Ligne marine circulaire, sous toi orgasm time vers le cap horizon nuit… Dans ton regard vert amour tonnerre d'Akane. Véga glissant du bleu spectral au rouge cardinal. T'épanouissant loin de ta planète mère. Sublime, audacieuse au perceptible… et paraître fléchissant ton bassin vers l'avant, pour un jour… peut-être. Baignée d'azur pur. Et dérive… Rubinrot in hot. À l'autan accéléré, poussé. Tel un vent délicat, allié, fleuré.

Washi arboré.

« Et circule… en ondes propagées. »

À l'intérieur d'un clubbing, aux néons diaprés, bleutés, d'ondes diffusées. Lounge Bar Concept… En version reine, en cambré. En un irrépressible attrait… Podium et ombres transformés. Tu rayonnes Akane. Metal-künstler. En translatives lignes courbes, donnant, vives. Sourire subtil, sensoriel et manuel. Par toi… archange principal, actinium messager adepte. D'un Host Club… mizu shōbai, près d'elle, en adulation livresque.

Trouble entre eux, dans l'atmosphère chevaleresque.
Red line en verre courtisane d'un Dohan. Ébauchant
des frontières, en langueurs aériennes, entre tes adorateurs
et tes paupières. Tu te dévoiles. L'esprit de la beauté
s'est accaparé Akane. En position empressée... effet
plaisir d'arc allongé. Vocalise en des sons énoncés. Se
caressant, baladine sensuelle, dénudée. Prodige, rougissante
sous ta lumière d'aniline, l'espoir renaît. De folies
incandescentes à venir... sur tes lèvres Psychotria Elata,
révérence incarnat.

« Et disperse... en ta lumière cuivrée. »

Red show... À la couleur bleu marine. Glissons
le long... de tes seins en marche. Du sublime, sur ta
bouche florale Komachi Beni. Rouge messagère,
à l'exhalaison découlant de ton passage, aux fragrances
de Néroli. Suave en des hespéridées fleuries. Dans
l'espace éclair, satisfactions augmentées.

Ichi, ni... suivant le troisième interligne sur la portée...

D'ébat abyssal et digital. Au son delta, binaurale Nova.
Frémissements Vesta en prononçant ton nom, guidant
tes pas au chant de l'eau. Pour aboutir à l'espace Club
d'azur amer. Ombrelle noyée, liqueur cassis papier
mûrier. Sur un comptoir de bar cyan, en miroir plan
serré. Rétroéclairé de familiers. Au fond des platines,
en aire de contrôle qui plane.

Nectar en délice cristal.

Songe dans le bleu céleste spectral... en finesse, grâce
océane. Comedy rouge corindon, en fusion t'étreinte.
Et feintes conjointes exposées, en de fréquences cramoisies
buccales. Plongez dans cette encre profonde. Têtes
doucement placées en arrière. S'enlaçant, s'abandonnant.

Vous n'êtes plus qu'un en ce monde. Pas d'attitudes mesurées… Zoom en instantané… Et relater in the back-room disposée, sur papier glacé. Club zone en posture d'amazone, vers le ciel… et presse. En des désirs, elle s'égare reflétée, sur un sol des indiscrets. Au regard de jaspe, croissants lunaires.

« Et découle… en cercles aveuglés. »

Kabarett rot… Disperse Mecha positionnée, red-bass en des courants irréguliers. Par ta bouche rose thé, en Sirup glace. Lèche tour à tour vers l'axe. Va et vient double d'ondes diffusées. En tes mouvements frénétiques cadencés. Climax… Prémices de splendeurs en cascades écarlates. Result… pas d'entre-deux, flou à l'ennui. Sens et visions, tout en long. Mains sur tes fesses vers le levant, voyage fou et déraison. Collier de Vénus en position, à hauteur d'envie. Orgasm time, avec saveur en bouche umami. Non pas d'entre-deux, pâle, tiédi. Relève ton corps sans à coup, union de l'aigle, aux ailes déployées, en majesté, graduellement sans arrêt.

À l'orma lévitée…

Sur une ligne de basse, accélérée. Oscille zélatrice Akane, encline. En estampe, boucle improvisante d'un vamp. Expressive, indolente, en spectacle excess… strip-teaseuse en BPM, contractive, hostess club, en transfert et filtre, à trait d'union par progression, altesse… Aux implorations cachées. Grâce mutine, au-dessous et fine déliée, solide d'adamantine. Ange or demon, c'est selon. Lèvres langoureuses corallines. Ligne éclairée désignée Désirée… Fine exquise effleure-t-elle rouge alise… et attise. Sur accord fermé en cœur. En divinité au signal UFO, trait de feu Ryusei, diffusant en bips. Lançant des notes entêtantes, pas éplorée. Position vocale arc-en-ciel, de biais. Entre tes cuisses écarlates soulevées, tes mains se brisent des flots de plaisirs en te penchant. Sous l'arche en feu au dégradé de bleus. Sur un single exclu, simple, pour ton show composé. Oscille vaticinatrice, Akane des origines.

En phase... Se trouble incarnée vers des panneaux rougis des indiscrets.

B-side... sous des LED de club avenir ambitieux.

Jeux de lumière, tables fluo UV exposées. Et en face B...

Influence notable, en composition, résonnante, contraire. Yuna DJ, sensuelle, aux traits d'amande rouge sang, s'exposant. Parée d'un ras-de-cou argenté, d'un bracelet de jonc sur le poignet, magnétique. Collision des notes évoquées, volatiles pensées... à retranscrire. Au rythme fantastique, séquencé. De voies parallèles, aux numéros composés. Sous des spots chauffants, d'aigue-marine verte. Jonctions de toutes les couleurs, de toutes les ferveurs. MIX en variété, touchant les cœurs tsuki, éléments clés provocants. D'impro microrépétées.

« Vibre, spéciale au timbre clair. »

À l'intonation précise, éphémère. Déplacements lents, induits. En un silence sur la portée. Comme une intro en ligne harmonique. Tu sens, sûrement habitée. Sous un zéphyr messager, dieu du vent... ta vie. Vecteur logo design connu en signature éclatante érotique, rythmique empilée. Comme une enseigne, LED aux néons, lumineuse, allumeuse. S'éclaire incarnée sous ce panneau coloré des indiscrets. Et envoûte masquée, en trajet voluptueux, radieux. Explosion de plaisir dans tes yeux. Théâtre de silhouettes en formes captives, parfaites. De bercements, de ton corps, de tes mains, harmonieux. Surmontée d'un faisceau lumineux. Naissant du centre immortel...

Vers ce spotlight incandescent, comme un serpent, rouge corail, ravivant les roses, oranges vifs en pluie… nocturnus. Longueur d'onde associée, comporte du feu enivrant, d'énergie forte. Notations musicales limitées en des signaux sonores, d'assistante M.A.O en extase.

« Et diffuse… en son corps métallisé. »

Sensible maîtrise d'un ensemble en solo. Fléchissant les bras vers toi, diva. Sens le souffle de ta volonté. Échauffant les cœurs électrisés. Jambes en arrière, singulières, posture du cobra en ascension. Aventure animée en filigrane… en masque lupus, métal doré, entrelacé. Caresses appuyées en étreintes empressées, observées. De face, entrejambe en main se glisse… sans cris, belly d'abysse. Sur ostinato de basse astreinte, séquence licencieuse en rythme voulue, accélérée. Au final… Électronique body fulgurant, transmetteur chargé. Subversive exprime en des vibrations toniques. Introspection en ton corps charismatique. Sur une ligne mélodique… New burlesque, au casque agrégé, dans le vent… tourmenté. Révolution dans ses poignets, sons t'envoûtant, blancs agrémentés. Sur ta cambrure de métal, en selle d'initiation. Aux sangles rebondies, Mangina argus. Parure comme posée… sur tes reins, en arcs brisés, delta, versus. Te parant d'une couleur chatoyante, rouge reine, colorée, liée. Graphique, surprenante et originale dénommée… Akane. Prenant ton envol, maquillée d'un rose foncé. Au pouvoir occulte, à l'étrange beauté. Romanesque rajoutant à ton charme mélancolique et attristé.

Des larmes pétrifiées.

Arcure, courbure, mesure. Épaulée par Abéona… qui préside. Toi diva, au regard clos, de structure en métal… guerrière. Persistance dans cette courbe temporelle bouclée, de façon irrémissible. Au point culminant…

de ton plaisir. Ampliation, aplatissement du temps pour l'éternité... aimée. En gravité en des leviers, pièces percées. Écrous, corps en tes articulations. Coulisson barre et relier des bielles en acier, grenat almandin. D'un câble axial ou latéral. Vers un cabestan. Vapeur de cylindres en une pression montant et descendant. En des pistons actionnant les balanciers. Contre manivelle comme dans le passé... En un mouvement de lune circulaire, couleurvrine. Comme le dragon de métal, roule machine. Repoussant les pierres de la Terre, sanguines. Mettre en variété... dans la longueur tsuki, éléments clés, innovants. D'impro rétro façonnées. Techno Machine unique, possédée, en partance sur un sonal système. Sons effets... fondue en déroulé entre deux séquençages. Platines et modulation dans l'air. Seins dressés en esprit d'ambre pâlit, Hestia spirit, aux iris topaze de mer. Cyborg décalée, aux pigments spéciaux, code couleur bistre, en raccord dissous. Ventilée dans le flou... Fente effleurée... entre tes jambes galbées, si fines, brindilles. Tige platine, laxe, aux reflets cuivrés.

« Hauts de tes cuisses attachés. »

Plaisir montant, descendant... Sous un changement de lune profond, couleurvrine. Comme le dragon sans sons, rouge tangerine. Touchant les pierres lunaires, sanguines. Tiefe rotation... Slow movement érotique en gravité, jambes cuissardes galbées, vernies en esprit, au plaisir déversé. Et gémir... Scintillante, recouverte d'or en liens pour le shibari, caressant tes poignets délicats. Du clan des graphies en lignes. En dessous d'un spotlight étouffant, serpent rouge corail, transperçant les jaunes, verts vifs infinis... nocturnus. Durée d'orbe passionnée, en feu immense, excitante, de vie intense. Compositions musicales posées en des éclats sonores, d'assistante M.A.O sans tourment.

« Et diffuse… en son âme incarnée. »

Permutation mime de rageuse, danseuse de pleine nature. À la crinière incendiaire, allongée. Hors de ta danse d'amour ou torpeur prisonnière, tu t'endors dans ta bulle. Sphères mystères, de pierre, de limpides verres sertis. Attachées ou divisées en roulements, brûlants. Tes lèvres rouges, au beau nom chromatique d'intensive couleur. Posant langoureusement un baiser alangui et ton sang. Morsure issue, sanglante volontaire, aimée. Celluloïd sur scène circus, tu désires fort et tu jouis. Thermoplastique parechoc, rouge tragique. D'un photocall soumi, crash test dans ton corps qui ose. Adage en diversités… Entends ce rappel en fabuleuse circassienne. Comme une poupée disloquée, sous leurs yeux fascinés. Juste là… Vulcanienne. Akane, vanillé-Frau, soit… la dernière lumière visible, être volatil, prévenante, stripteaseuse. Tournoyant dans l'air drama, conditionné. Vers la pointe formée de ton cœur, au souffle dérobé fuyant là.

Watashi no kokoro.

Remuements étudiés langoureux, en allure lascive, comme prenant forme, éphémère. Gravure innovante en illusion penchée et t'introduire comme sujet… languide.

« Drücke mein Herz… »

Vers la ferveur funeste ou brouillard en pensée. Corpuscules de peaux… Sourire qui chavire… en renversé. Dans un club neonkan, lumière filtrée noire et projecteurs du light jockey, au top shinku, attrayante étoilée sur une piste électrisante. Ensorceleuse au regard bleu-vert sinople. Rêveuse te découvrant. Aux poses lascives, déhanchés euphorisants. Aux courbes fatales, brûlantes, pleines de sensualité. Passion dévastatrice, enivrante autour de ta bouche… vers l'avant. Étrange pupa Mecha en talons aiguilles rubis, émouvante, synthétique. Tu es invoquée. Aux rêveries mélancoliques… Fente de vulnérabilité lisse, dévoilée, luisante. A l'aura de secret, basse, intense, touchant les flots. Bel espace entre… Dirigée vers un monde visible, éclipsée sous une apparente sensualité. Fragile maîtrise d'un accord en solo. Fléchissant ton âme, vers eux, diva. Reprenant ton souffle de vérité. Réchauffant les cœurs desséchés. Aibu-chu… Particules de micas niji. Saveur salée koketsuna. T'abandonnant pour toujours, dans le royaume corail crimson de l'intense jouissance, à la couche de suna.

Natsukashiku…

Call-to action affichée, accrocheur des manipulés devant ce cirque-variété. Akane, prototype polaris, lumineuse incendiaire akarui, dansante, viridis dans la lumière de la nuit. Geigi aux nuances nobles, laquées, arborées. À la vision de prasine en demi-cercle reconnue. Rêveuse du désir de Mars vers Vénus. Évocation… et tu bruisses autour de ta langue, sur une barre. Déclinaison variable, enserre d'une bouche grande ouverte, maximale, rose pâle, érotica rythmée. D'un stop ralentisse… Lèvres en arrière, élémentaires, arc de Cupidon à l'émotion.

Suki desu… kuchi no naka no shita.

Tu es légendaire… Moment sexuel, prestigieux. Contre son corps noble, élevé… consumé. Au pigment, souffle glacé, blanc d'argent.

Chronologie en elles, bouche contre bouche humectées.

Envoûtée Akane en un flash.

« Du bist üppig… Vénus. »

Puis Uranus asynchrone avec sa lune éclairée d'ondes, au-delà, bleu de prusse.

« Du bist eine künstlerin… Vénus. »

Pluton en synchrone avec l'astre sélène par là, bleu de prusse.

En parade circus…

Chronologie au pluriel, langues contre langues activées.

Akane ultra trash.

« Sie sind liebenswert… Triton. »

Rain tears…

Puis Neptune asynchrone avec sa lune bleutée ronde solaire, au-delà de Kuiper.

Peu élevée sur l'horizon…

Vinyl skin, élévation physique bien en dedans et tu jouis de tes enivrements au fond.

En parade canon…

Débris gérés, d'un haut niveau élevé, dans la grande coulée. Nouvel élan d'envie, aux flammes ardentes, dressées. Ton corps de cuivre, d'un temps passé, suranné s'affiche. Point d'attraction t'enserre dans un cri. À la brisure consolidée, cuirassée tu désires. Efficience d'une pièce axe spirale infinie. Agrandis ton rayonnement par paliers, telle une blume rougissante à la teinte cuivrée. À l'exhalaison de l'acier brûlé, au souffle fragile. Apprêtée… pulvérisée en cabine. Fais appel à tous tes sens ou non, voilà ce qui se joue. Réalise en diseuse s'accorde peu discrète, en symbiose, à haute frayeur, sur ton fil-de-fériste, ta scène dangereuse, voluptueuse. Équilibre sculptural, surprenante d'émouvante. En cyborg en marche, pleine de contraintes. Concentration au-delà des univers reconnus. Puis reprends ton souffle… Erkunden. En gravité dans le sol effleuré. Rote Blase… En l'espace complémentaire, des douze constellations. Akane, orbite lady comme magnétisée, mouvements ressentis, circulaires ou contraires. Le long de circuits cyber d'excitation. Ancrée… dans un monde Mizuki, bord de mer.

« Translate toi… ich weiß. »

Énigmatique Machine. Roter Roboter. komm näher… Vénusienne ferrique, gin mekki, réfléchissant la lumière. Virevolte autour de toi, très progressivement, envoie. »

Trouble-les en gravité. En un saut et puis voilà… poétique.

Gloria to… Akane.

Sanguine se décline, en night club, grenadine. Pigmentée, ocre arborée, lumière baissée. Dans la nappe de brume nocturne artificielle, tu danses lentement, digne vers le matin, inexorable, fatale. Vers les sentes allumées green. Mouvements précis exigés, visibles en surface. Brouillard de blancheur, de fumée en place. Strip-teaseuse lascive doucement excitée. Portant une armure d'alizarine et un casque orné. En cyborg aux paupières ouvertes, peintes en son âme.

Là, une respiration plus rapide, plus forte. Apercevant le désir qui augmente, se tente. Pratique de douces actions par ta bouche pulpe d'aniline se devinent… Amplitude vers les cieux, prières envers les dieux.

Brouillard qui se dissipe. Tel un nuage près du sol qui s'élève. Relâchement respirant d'un petit pas hésitant. Et à nouveau les gestes justes, devant les autres incendiaires. Sans hésitation, dans une attitude fière.

« Air expiré de ta bouche Akane… »

Sous une fumée subite manuelle, rayons laser, lumière diminuée. Cachant tes cheveux roux foncé. Et tes yeux pers, au teint à la touche dorée. Contemplant ton propre physique. Caressant ton sexe et tendant ton corps. Action agressive, provoquant celui qui sort. Mouvements précis, brûlants qui naissent. Lampe de scène s'allumant, traversante.

Maintenant une respiration précipitée et bruyante. Au son des platines DJ. Meneuse ébranlant ses adorateurs. Mi-robot, tu synthétises en perspective. En cyborg incendiaire, œuvrant, taquine, tu t'affirmes de signes. Dominante à la grande stature. Sexuelle, aguicheuse, adoptant une posture. Sur un sol enfumé en machine exposée.

Gloria to… Akane.

Sanguine se décline, en night club, capucine. Colorée, ocre animée, lumière appuyée. Dans la splendeur d'un coucher de soleil orange tangerine, tu te penches divine, pour orgasmer. Mouvements relâchés, fous. Vers les sentes éclairées green. Progression des rayons laser de soirée au-dessous. Magnifique t'exposant dénudée. Ton imposante armure et ton casque orné. En cyborg, aux paupières fermées, teintent ton âme.

Là, une respiration silencieuse plus rapide, plus forte. Apercevant une assemblée de tes adorateurs qui s'avancent. Digne de douces réalisations par ta bouche, pulpe d'aniline se redessine. Amplitude vers le haut, prières envers l'Olympe. Clarté solaire qui illumine. Tels des nuages, rayons crépusculaires traversants. Relâchement respirant d'une enjambée amusante. Et à nouveau une attitude appropriée, bien ancrée dans le présent. Sans hésitation dans une attitude légère.

« Air expiré de ta bouche Akane… »

Sous les rayons ultra-violets, arrivés doucement, éphémères. LED pulsée. Éclairant ta chevelure auburn, beauté absolue, légendaire. Et ton regard aux iris pers, à la mine chaude, mordorée. Regardant ton propre corps rétrospectivement. Léchant au niveau de la terre. Évocatrice par-derrière. Mi-robot synthétise en perspective. Cyborg serre, gémissante, tu t'achemines de jouir. Dérobant l'air retentissant de minuit aka. Vulnérable, à la fragile allure. Fière, triomphale, adoptant une posture.

Maintenant te voilà partie et tu cries, sur le sol chauffé par la lumière diffusée.

Ichi, ni, san… sur la quatrième planète ocre de dunes.

« Ich wollte ein mythisches Wesen sein. »

Sensation sombre, dans la rougeur de la nuit. Loin des LED, sous une pluie d'étoiles tangibles ou masquées.

« Ich wollte… »

Éclatante de la nuit. Parties qui scintillent les plaisirs. D'une barre horizontale s'allume d'une basse harmonieuse. Atomes de prestige, rouge Bismarck, aka laqués. Brillante, lustrée en ta bouche, d'un rose vintage grisé, Sakurairo. En une plongée vertigineuse, folle, extrême qui vous entraîne… Mettant plus à plat, en des seuils abyssaux.

Face aux éclairs rouges pétants, des lices-araignée, corps hirondelle décollant, volant, fuyant, absence. Higanbana… de racines Wranta.

« Dérobe l'air vibrant de ta nuit aka. »

S'élève flottante en koinobori affichée. Bleu de cobalt, jaune, abricot, en une mosaïque nuée… Au souffle changeant venant du vent. Caprice volant. Drapée dans la clarté safran. Belle, au fard de fleur Astilbe, plumeuse, fuchsia précieuse. Ligne azurine imaginaire dans tes bras, orgasm time vers le cap horizon paradis. En ton regard vert velour tonnerre d'Akane. Véga allant du bleu spectral au rouge cardinal. T'épanouissant loin d'un lieu saint, ton sanctuaire. Sublime, ambitieuse au perceptible… et transparaître fléchissant ton bassin vers l'avant, pour un jour… peut-être. Baignée d'azur pur. Et dérive… Rubinrot in hot. À la bise glacée apportée. Tel un vent délicat, allié, embaumé.

Washi mordoré.

« Et circule… en ondes distinguées. »

Dans un clubbing, de place en place, caresses velours appliqués. Clubbers aux regards experts de la nuitée. Podium et désirs comblés, tu t'enflammes Akane. Métal-künstler. En une irrésistible sensualité… Par toi… archange principal, actinium messager adepte. D'un Host Club… échanges sans vague, près d'eux, en obsession livresque. Trouble entre vous, dans l'air, arabesque. Red line en univers courtisane d'un Dohan. Soulignant des frontières, en lenteurs aériennes, entre leurs chœurs et tes paupières. Tu t'affiches. L'esprit de la beauté s'est emparé d'Akane. En position étudiée… Effet plaisir d'arc redressé. Vocalise en des sons nuancés. S'effleurant, baladine immortelle, dénudée. Prodige, orgasmante sous ta lumière capucine, l'espoir renaît. De fantaisies incandescentes à venir... Dans ton antre Psychotria Elata, puissance incarnat.

« Et disperse... en une lueur de fée. »

Red show... Aux flammes cornalines. Glissons le long... de tes lèvres en marche. Du sublime, puis du côté de ta bouche florale Komachi Beni. Rouge messagère, à l'exhalaison découlant de ton passage, aux fragrances de Néroli. Suave en des hespéridées fleuries. Dans l'espace éclair, désirs amplifiés.

Ichi... suivant le deuxième interligne sur la portée...

D'ébat abyssal et digital. Au son delta, binaurale Nova. Frôlements Vesta en invoquant ton nom, emmenant tes pas au bruit de l'eau. Pour aboutir à l'espace Club bord de mer. Ombrelle coulée, rouge cranberry papier mûrier. Sur un comptoir de bar cyan, en miroir plan en décalé. Rétroéclairé d'habitués. Au nom des platines, en sphère de contrôle qui plane.

Nectar en délice cristal.

Longe dans le blanc céleste spectral... en délicatesse, grâce océane. Comedy rouge corindon, en fusion, t'atteinte. Et feintes craintes affolées, en des fréquences cramoisies buccales. Plongez dans cette encre profonde. Têtes vraiment positionnées vers l'arrière. S'enlaçant, s'abandonnant. Vous ne faites plus qu'un en ce monde. Pas d'attitudes modérées... Zoom en vérité... et narrer in the back-room installée, sur épreuve gravée. Club zone en posture d'amazone, jusqu'au sommeil... s'adresse. En des soupirs, elle s'égare reflétée, sur des néons des indiscrets. Au regard de jaspe, croissants lunaires.

« Et découle… en cercles aveuglés. »

Kabarett rot… Transperce Mecha écartée, red-bass en des courants réguliers. Par l'arc de cupidon rose poudré, en Sirup glace. Lèche autour dans l'axe. Allées et venues plus deux d'ondes d'attractivité. En ton agitation bruyante cadencée. Climax… Prémices de splendeurs en cascades écarlates. Upshot… pas d'entre-deux, tiède à l'ennui. Sens et perception, tout le long. Mains sur tes fesses en avançant, voyage fou et déraison. Collier de Vénus en position, à hauteur d'appui. Orgasm time, avec saveur en bouche umami. Non pas d'entre-deux, doux, pas en avanie. Redresse ton corps sans à coup, étreinte d'une parfumante prairie en portée, insensiblement sans arrêt.

À l'orma lévitée…

Sur une ligne de basse, entrecoupée. Oscille zélatrice Akane, encline. En estampe, d'allure glissante, à quatre temps d'un vamp. Évocatrice, entraînante, en numéro excess… Strip-teaseuse en BEAT, contractive, hostess Club, en fréquence d'oscillateurs, à trait d'union, en dimension, altesse… Plume caline, par-dessus et rusée aisée, s'agrégeant d'adamantine. Au regard hazel green, grâce charmée. Lèvres aventureuses corallines. Ligne éclairée appelée Volupté… Fine exquise affleure-t-elle rouge alise… et attise. Sur accord dropé en chœur. En figure, appel UFO, étendue de feu Ryusei, transmettant en bips. Lançant des échos obsédants, pas accablée. Pose vocale arc-en-ciel, sur le flanc.

« Entre tes cuisses écarlates, tes mains s'abattent des flots de plaisirs en s'inclinant. »

Sous l'arche en feu au dégradé de bleus. Sur un single exclu, unique, pour ton show programmé. Oscille vaticinatrice, Akane des origines.

En phase… Se trouble incarnée vers des panneaux rougis des indiscrets.

B-side… sous des LED en cubes lumineux.

Jeux de lumière, bubble crystal piliers. Et en face B…

Ambiance infernale, en partition, retentissante, contraires. Yuna DJ manuelle, aux traits d'amande rouge sang, excitants. Habillée d'une combinaison cyborg, blanche irisée. Tachetée en messagère des dieux sika, robotique. Collusion en des fragments placés. Volatiles heures… à couvrir. Au son poétique, amplifié. De voies parallèles, aux numéros réalisés. Sous des LED fumantes, d'opaline verte. Confluent de toutes les beautés, de toutes les musicalités. Incorporate, en variété, donnant une couleur, éléments clés, emballants. D'impro micro rodées.

« Vibre, vocale au timbre clair. »

À l'émotion précise, éphémère. Déplacements lents, appliqués, unis. En une accroche, une clé sur la portée… pour indiquer en interligne musicale. Tu ressens, pareille à une destinée. Sous un frisson léger… en harmonie. Et envoûte masquée, en trajet bleu, précieux. Théâtre de silhouettes en formes actives, abstraites. De courbures, de ton corps, de tes mains harmonieuses. Couronnée d'un faisceau lumineux. Naissant du centre perpétuel… Contre un spotlight scintillant, version serpent rouge corail, recouvrant les oranges, rouges vifs en pluie… nocturnus. Longueur d'onde associée, emporte du feu irradiant, d'énergie aveuglante. Œuvres musicales réservées en des trucages sonores, d'assistante M.A.O sans crainte.

« Et diffuse… en son âme illustrée. »

Sensible maîtrise d'un ensemble en solo. Pliant les bras vers toi, diva. Sens le souffle de ta vérité. Aimant les cœurs touchés. Lèvres recouvertes de belle manière, manuelles en fonction. Armure animée en filigrane… masquée d'un loup métal, arboré, enchevêtré. Caresses accentuées en étreintes empressées, exposées. Aux chevilles en dissension, opposées, luisantes, prémices de chaque côté. Sur cette place, entrecuisse, en main se tapisse… sans bruits, belly d'abysse. Sur ostinato de basse contrainte, séquence prodigieuse en rythme continu, élevée. En définitif… Dynamique body rutilant, conducteur déchargé. Subversive exprime tes immédiates actions érotiques. Évocation en ton corps obscur, magnifique. Sur une ligne rythmique… New burlesque, au casque inséré, dans le temps… séquencé. Rotation de ses doigts, sons te cambrant, albes argentés.

Sur ta commissure de métal, en arc de cupidon. Aux angles rougis, Mangina argus.

Ouverture comme évoquée… Sur tes lèvres, en arc lissé, delta, versus. Arcure, courbure et mesure. Assistée par Abéona… qui préside. Toi diva, à la vue close, cambrure sculpturale, couleur chair. Constance dans cette courbe temporelle repliée, certes irréversible. Au point culminant… de ton plaisir. Ampliation, anéantissement du temps pour toujours… amour. Arborant une aura de mystère et toute ton essence. Caressée d'air pur, comme la voie de cristal, aux nuances variées. Au goût de paradis… entêtante, stimulante. Comme la voix admirable élevant ton corps. Concerto Machine magique, passionnée, danse sur des éléments, phonèmes. Sons effets… éperdue et liée entre deux enchaînements. Lecteurs en variation dans l'air. Bouche animée en esprit d'ambre pâlit, Hestia spirit, aux iris topaze de mer. Cyborg débridé, aux pigments solides, code couleur argile, en rapport égo. Ventilée dans le flot. Fente désirée…

entre tes jambes musclées, si fines, brindilles. Tige platine, laxe, aux reflets mordorés.

« Hauts de tes cuisses noués. »

Se retenir en montant puis descendant… Sous un déplacement de lune lent, couleurvrine. Comme le dragon sans échos, ocre grenadine. Effleurant les pierres lunaires, sanguines. Tiefe rotation… Slow movement cosmique en couché, jambes cuissardes relevées, vernies en esprit, au désir amplifié. Et gémir… Aux mouvements doux, aériens pour le shibari, d'intensives minutes. Du clan de la vie et tu surlignes. Près d'un spotlight irradiant, serpent rouge corail, caressant les pastels, passés, infinis… nocturnus. Pensées suggestives, oubliées, sans eux, elle excitante de vie intense. Cellulose sur scène circus, aime fort et tu cris. Mécanique et choc, rouge trafic. Au khôl d'un noir presque gris, crash test dans ton corps en osmose. Adage en attractivité… Entends le réel en glorieuse circassienne ! Sous leurs yeux étonnés. Juste là… Vulcanienne.

Watashi no tenshi.

Positionnements adaptés savoureux, en peinture progressive, élabore une forme ère. Gravure attrayante en inventive pensée et t'introduire comme sujet… languide.

« Drücke mein Herz… »

Sous la torpeur écrasante ou brouillard épais. S'articule mon dos… Langue qui s'ébranle… en incliné. Dans une boite neonkan, illumination et perception 3D du disque jockey, pop, shinku, exubérante laquée en lévitation tu le fais, sur une piste clinquante. Paradisiaque aux sens magnétiques, captivants, tu aimantes l'assemblée.

Aux yeux hazels, vert sinople, aventureuse lévitant.
De bas en haut suspendue verticalement. Royale, élevée
quantique. Aibu-chu… Corpuscules de micas niji…
Douceur salée koketsuna. T'enivrant, absolue d'amour,
dans le royaume corail vermillon de l'intense réjouissance,
au lit de suna.

Natsukashiku…

Call-to action affichée, accrocheuse des manipulés
devant ce cirque-variété.

Tête en arrière, apprentière, posture du poisson, à
l'unisson.

« Puis reprends ton souffle… Skandalös. »

En parade cosmos…

Chronologie pour elles, seins contre seins excités.

En un amour sophistiqué en vers mesurés, réinventé
pour l'éternité. Leurs langues caressantes, d'une passion
affolée en vers démesurés. Idylle impertinente, muses
lyriques, prises toutes entières, dans l'anneau, du bas
vers le haut.

Et découlent en cercles… elles… émerveillées.

Excitantes au plus chaud. En mouvements érotiques
du Mont Olympe, en déesses de Sappho. Vers les cieux
et dans les flots. Gémissements de désirs, toute en
volupté. D'alanguies et de nombreuses passions
raffinées, renouvelées. Vers l'immensité, en vers
insensés. En chœur de la lyre poétique. Métrique
strophe saphique. Sous leurs regards en demi-lune
étendus, abyssins.

Akane trash.

« Du bist Meine Nacht… Carlin. »

Éris en synchrone avec la lune rousse loin là-bas, bleu de Berlin.

Chronologie sensuelle, corps contre corps magnétisés.

Aux allers-retours passionnés en vers mesurés, allongées devant l'immensité. Leurs bouches enivrantes, d'une émotion exaltée en vers démesurés. Idylle impertinente, muses lyriques possédées toutes entières, dans l'anneau, au-delà… vers le haut.

Et s'amusent en cercles… ensorcelées.

Envoûtantes au plus chaud. Enivrées du mont Olympe, en déesses de Sappho. Au goût sublime. Sous leurs regards en demi-lune étendus, abyssins.

Amoureuse du désir de Mars vers Vénus.

Akane en un flash.

" Sie sind sie… Carlin. »

Puis Uranus asynchrone avec sa lune cuivrée d'ondes, au-delà, bleu de Berlin.

Contre ton corps noble, élevé… consumé.

Au pigment, courant givré, blanc d'argent.

Halo des cristaux renvoyé.

Impulsion en vol inversé.

Et tu te hisses avec ta langue sur l'inlandsis.

Basse sur l'horizon au loin…

Chronologie au pluriel, doigts contre doigts emmêlés.

Akane ultra trash.

« Du bist wundervoll… Carlin. "

Pluton en synchrone avec l'astre sélène par-là, bleu de Berlin.

Vinyl skin, émotion physique bien en dedans et tu gémis de tes enchantements jusqu'au matin.

En parade bâton indien…

Rebuts compactés, à la température souhaitée, en vérité. Nouvel élan de cœur aux flammes déclaratives, attisées. Ton corps d'étain, d'audacieuse, liquéfié tu t'affirmes. Point d'érosion, sur l'envers par l'apprenti. À la structure constituée, roussie cuirassée. Efficience d'une pièce d'alliages, de métal surgie. Apprêtée… lustrée en cabine. Mène à bien ou non, voilà ce qui se joue. Fais dresseuse sans ordre peu parfaite, par osmose, à forte peur, sur ton fil-de-fériste, ta scène sulfureuse, jouisseuse. Équilibriste incroyable, désarmante. Cyborg en marche affrontant la vie. Émotion là au fond des mondes vus.

« Puis reprends ton souffle… Skandalös. »

Éthérée hors-sol enveloppée. Rote Blase… dans l'espace, accélère, vers douze constellations. Akane, satellite de nuit comme ailée, gestes d'appuis, linéaires au contraire, illusion de bien faire en attraction.

« Propulse-toi… ich weiß. »

Magique Machine. Roter Roboter. komm näher…
Vénusienne ferrique, gin mekki, aux amours éphémères.

Ressens-en toi, très lascivement, crois-moi. Effare-les en gravité. En un instant et on n'en reste là… cosmique.

Dans la face lunaire éternelle. Manœuvre autour de ta taille… loin des matassins. Agilité sans frein, attractive artificielle Akane. Au simple appui sans souci, au support crucial. Presque animale, suivi lié, animé. À la pression fanatique. Membres rouge zinzolin, fantasmés, compatibles.

Pure love, my dear… en ce vaisseau, globe immense, transparent, irisé. Sans humanité Hermética. Dans le néant en un écrin fragile, toi abandonnée sans nirvana.

Dans l'interface clair, fonctionnel. Remuement plus humain… loin des matassins. Mobilité de ton bassin, lascive Akane. Au contre appui sans neurasthénie, de ta phase au total. Puis unipodal, suivi oscillant, martial. À la marche normale, dynamique moins endolorie. Pieds rouge incarnadin laqués, aux capteurs puis transformateurs, à la place de tes tendons en osant. Vers ta bulle géante, ton abri.

Pure love, my dear… en cet engin, sphère fort grande, translucide, argentée. Robotisé Hermética. Dans le néant en un écrin tactile, toi informatisée sans nirvana.

Pensées intimes pour soi, bouche ouverte et chaude. Messagère au geste romantique, embelli. Dracula Simia, orchidées Monkey.

Dans l'espace éclair du soleil. Réellement plus féminin…

loin des matassins. Agilité dans tes reins, érotique Akane. À l'appui dans le sens de la vie, de ton palier au final. Ensuite bipodale pas statique mais primordiale. À la marche banale, énergique moins meurtrie. Socles rouge carmin lustré, aux microprocesseurs puis actionneurs, à la place de tes ligaments en démarrant. En travers d'un sol lisse, blanchi.

Pure love, my dear… en un appareil, cube en transe, vibrant, illuminé. Pour l'éternité Hermética. Planant en un écrin subtil, félicité et nirvana.

Dans tes liaisons éclaires, passionnelles. Déplacement du lendemain… loin des matassins. Attractive par tes seins, sensuelle artificielle Akane. Au double appui contre l'ennui, de ton cycle vital. Presque postural, suivi vaillant, global. À la marche triviale sans superlatifs. Supports rouge zinzolin existants plaqués, aux amplificateurs puis analyseurs, à la place de tes muscles en mouvement. Par-devers l'aire géodésique, infinie.

Pure love, my dear… en ce transporteur, cercle intense, disparaissant en un jet. Dans la couleur bleutée du ciel, Caeruleus. Vers le néant en un chemin invisible, en sérénité et nirvana.

Effluves émanant de ton passage, aux notes opulentes de Néroli. Dracula Giga, orchidées Monkey.

En face de l'arche loin de la Terre, irréelle. Maniement sans faille… loin des matassins. Mobilité de tes mains, précise Akane. Preuve à l'appui sans compromis, de ta phase finale. Puis cérébrale, suivi relié, activé. À la précision diabolique. Mains rubis rêvées, adaptatives. Cyborg te posant…

Ichi, ni, san… sur la quatrième planète ocre de dunes.

« Ich wollte eine MerrjungFrau sein. »

Soumission sombre, dans la fraîcheur de la nuit. Lors de la clarté, vers des astres visibles ou cachés.

Puissance des marées…

« Ich wollte… »

Flamboyante de la nuit. Tu t'allumes d'un éveil carmin de Mars, d'âme. Atomes de prestige, rouges émaillés. Sur un axe sagittal entre l'ambré et pourpre, au fond fléché, Sakurairo. En une plongée vertigineuse, folle, extrême qui vous entraîne… Coulissant au plus pressant, en des seuils abyssaux.

« Dérobe l'air vibrant de ta nuit. »

S'élève virevoltante en Koinobori teintée. Bleu de cyan, orange, abricot, en une mosaïque nuée… Au souffle chantant venant du vent. Caprice d'antan. Drapée dans une volupté safran. Belle, au fard de fleur Astilbe, plumeuse, rose précieuse. Ligne turquoise intermédiaire, sous toi orgasm time vers le cap horizon et tu jouis… Regard vert amour tonnerre d'Akane. Véga survolant le bleu spectral au rouge cardinal. T'épanouissant au loin… toute singulière. Sublime, audacieuse au perceptible… et disparaître fléchissant ton bassin vers l'avant, pour un jour… peut-être. Baignée d'azur pur. Et tu chancelles… Rubinrot in hot. Comme le zéphyr léger entraîné. Tel un vent exhalé.

Washi argenté.

« Et circule… en ondes décelées. »

Au-dedans d'un clubbing, au design diapré, laqué,

transformé. Lounge Bar concept.. En version night froid, en penché. Podium et panneaux colorés, tu irradies. En captives lignes courbes, présentes, sensibles. Plaisir subtil, sensoriel pour ceux, pour celles. Par toi… archange principal, actinium messager adepte. D'un Host Club… marché de l'eau, près de toi, en ascension livresque. Trouble entre vous, nuit sur Terre rocambolesque. Red line en vair courtisane d'un Dohan. Peignant des frontières, en lueurs aériennes, entre l'ardeur et tes paupières. Tu te livres. L'esprit de la beauté a happé Akane. En position cambrée… Effet plaisir d'arc recourbé. Vocalise en des sons placés. Les léchant, baladine manuelle, dénudée. Prodige, brûlante sous ta lumière tangerine, l'espoir renaît. De dingueries incandescentes à venir… Vers ton body Psychotria Elata, éblouissance incarnat.

« Et disperse… en tes reflets ambrés. »

Red show… Aux étincelles andésines. Glissons le long… de ton ventre en marche. Du sublime, vers ta bouche florale Komachi Beni. Rouge messagère, à l'exhalaison découlant de ton passage, aux fragrances de Néroli. Suave en des hespéridées fleuries. Dans l'espace éclair, émotions observées.

Suivant le premier interligne sur la portée…

D'ébat abyssal et digital. Au son delta, binaurale Nova. Frôlements Vesta en appelant ton nom, orientant tes pas au bruit des îlots. Pour aboutir à l'espace Club d'azur éclair. Ombrelle flottée, bleu, myrtille papier mûrier. Sur un comptoir de bar cyan, en miroir plan resserré. Rétroéclairé d'oubliés. Au son des platines, en surface de contrôle qui plane.

Nectar en délice cristal.

Compose dans le mauve céleste spectral... en ivresse, grâce océane. Comedy rouge corindon, en fusion, t'empreinte. En feintes ci-jointes présentées, en des teintes saphir-rubis buccales. Plongez dans cette encre profonde. Têtes profondément poussées en arrière. S'enlaçant, s'abandonnant. Vous n'êtes plus qu'un dans ce monde. Pas d'attitudes réservées... Zoom au complet... et exposer in the back-room aménagée, sur clavier posé. Club zone en posture d'amazone, en éveil... et transgresse. En des rires, s'égare reflétée, sous des lumières des indiscrets. Au regard de jaspe, croissants lunaires.

« Et découle... en cercles aveuglés. »

Kabarett rot... Inversant Mecha enfoncée, red-bass en des courants irréguliers. Par ta langue, rose suranné, en Sirup glace. Lèche amour dans l'axe. Allées et venues multipliées d'ondes écoulées. En tes gémissements érotiques cadencés. Climax... Prémices de splendeurs en cascades écarlates. Aftermath... pas d'entre-deux, tiède à l'ennui. Sens et perceptions, tout le long. Mains sur tes fesses en partance, voyage fou et déraison. Collier de Vénus en position, à hauteur d'appui. Orgasm time, avec saveur en bouche umami. Non pas d'entre-deux, doux, pali. Redressant ton corps sans à coup, étreinte du Lotus et plus... en dignité, progressivement, sans arrêt.

À l'orma lévitée...

Sur une ligne de basse, scandée. Oscillant zélatrice, encline. En estampe, en accords fluctuants, d'impro d'un vamp. Explosive, insolente, en red show excess... Strip-teaseuse en BPM, contractive, hostess club, arpégiateur d'accord plaqué, attrait d'union en conclusion, altesse... Aux implorations voilées. Goût praline, par-dessus et glacée aisée, d'éclat d'adamantine.

Aux lèvres humectées, merveilleuses corallines. Ligne éclairée rappelée enjouée… Fine exquise glisse-t-elle rouge alise… et attise. Sur accord fermé en cœur. En Déesse, signature UFO, droite de feu Ryusei, propageant en bips. Lançant des tonalités déchirantes, pas éplorée. Station vocale arc-en-ciel, contre l'autre. Entre tes cuisses écarlates pliées, tes reins se ploient des flots de souvenirs en te cambrant. Sous l'arche en feu au dégradé de bleus. Sur un single exclu, seule, pour ton show diffusé. Oscille vaticinatrice, Akane des origines.

En phase… Te trouble incarnée vers des panneaux rougis des indiscrets.

B-side… sous des LED en un tunnel volumineux.

Jeux de lumière, hexagone murale. Et en face B…

Ambiance animale, en révolution criante, contraire. Yuna DJ arc-en-ciel, aux traits d'amande rouge sang, exaltants. Illuminée de prunelles, pailletées de doré, hypnotiques. Coalition en des délires imaginés. Volatiles idées… à inscrire. À la musique fantastique diffusée. De voies parallèles, aux numéros combinés. Sous des spots de fluorine verts. Croisées de tous les jeux, de toutes les tonalités. MIX en variété, effleurant nos âmes tsuki, éléments clés émouvants. D'impro microdansées.

« Vibre, spectrale au timbre clair. »

En position précise, éphémère. En accents lents, travaillés, précis. En un refrain, court morceau… Comme une intro en ligne mélodique. Encense, vraiment galvanisée. Sous une brise absolue, fragile, ta mélancolie. Vecteur logo design en ample érotique, métrique étagée. Comme une enseigne, LED aux néons, lumineuse, aguicheuse. Éclaire incarnée sous ce panneau coloré des indiscrets.

« Et envoûte masquée, en trajet vaporeux. »

Exclusion d'un rire, arc de cupidon dans le creux. Théâtre de silhouettes en formes vives, concrètes. De chavirements, de ton corps, de tes mains, harmonieux, gracieux. Sceindée d'un faisceau lumineux. Naissant du centre continuel… En dessous de ce spotlight aveuglant, égale à un serpent rouge corail, soulevant les pastels, sanguines moins vifs en pluie… nocturnus. Longueur d'onde associée, comporte du feu étouffé, d'énergie lente. Impulsions musicales composées en des appels sonores, d'assistante M.A.O en ravissement.

« Et diffuse… en son être illustré. »

Fragile maîtrise d'un ensemble en solo. Offrant tes bras loin de toi, diva. Ressens le souffle de ta créativité. Innovant dans leurs cœurs captivés. Bouche ouverte, singulière, arc de cupidon, à l'unisson. Structure animée, en filigrane… en masque-loup métal argenté, entrecroisé. Caresses prononcées en étreintes empressées, divulguées. Sur place, haut des cuisses en main se coulisse… sans charivari, belly d'abysse. Sur ostinato de basse étreinte, séquence ambitieuse, en rythme soutenu emballé. Vers le tangible… Mécanique body fulgurant, transmetteur, chargé. Subversive exprime tes ambitions orgasmiques. Explosion en ton corps obscur électrique. Sur une ligne chorégraphique. New burlesque au casque incorporé, dans le vent… tourmenté. Révolution dans ses poignets, sons t'envoûtant. Blancs agrémentés. Contre ta chevelure de métal, en graphe de liaison. Aux zones story, Mangina argus. Sculpture comme électrisée… Sur ta tête, arcs enchevêtrés, delta versus. Cyborg déchaîné, aux pigments nacrés, code couleur rouge, en rapport délayé. Ventilée dans l'ultima Thulé. Fente caressée… entre tes jambes longues, si fines, brindilles. Tige platine, laxe, aux reflets dorés.

« Hauts de tes cuisses lustrés. »

Jouir en montant puis en descendant… Sous un virement de lune éclipsée, couleurvrine. Comme le dragon sans bruits, touche capucine. Effleurant les pierres lunaires, sanguines. Tiefe rotation… Slow mouvement cosmique cambré, jambes cuissardes soulevées, vernies en esprit, au soupir ployé. Et gémir… aux mille conquêtes et tu retiens grâce au shibari. L'incandescence minute du clan de la vie et tu surlignes. Arcure, courbure et mesure. Protégée par Abéona… qui préside. Toi diva, à la vision close, d'allure fatale… mystère. Permanence dans cette courbe temporelle fermée, vraiment inflexible. Au point culminant… de ton plaisir. Ampliation, étouffement du temps constaté… Akane. Près d'un spotlight chauffant, serpent rouge corail, caressant les bleus vifs infinis… nocturnus. Durée d'orbe passionnée en feu immense, excitante de vie intense. Évocations musicales éprouvées en des effets sonores, d'assistante M.A.O sans trouble. Émotion en pénombre, tard, d'énergie. Nageant dans la mer, sous des étoiles qui scintillent, en points rouge orangé.

Célestes par milliers.

Cellulose androïde en scène circus, tu aimes fort et tu cris. Organique en choc trafic. Au protocole suivi, crash test sur ton corps sans pose. Adage en variétés. Entends cet appel en merveilleuse circassienne. Comme un pantin désarticulé sous leurs yeux exorbités. Juste là… Vulcanienne. Akane Sinnlichefrau doit… être la dernière couleur tangible, être volatil, aguicheuse. Avenante, sautant sissonne arabesque drama, élevée. Sur pointes relevées de cœur, au souffle secret… au-delà.

Watashi no tameiki.

« Drücke mein Herz »

À l'ardeur de ta folie ou brouillard évaporé. Bascule tes réseaux. Battement de cils qui vacille... en baissé. Dans un club neonkan, sons et stroboscope clignotant du light jockey, sans stop shinku, excitante émaillée en exhibition grisante. Sensuelle, unique aux iris mixtes du ciel et de la Terre, vert sinople, te découvrant. Mouvements pervers, mecha en talons aiguilles rubis, grimpante, impudique. Tu es déifiée. Aux rêveries mélancoliques... Fente de légèreté dedans dehors, titane, œuvrante. À l'aura d'arcane basse, intense, caressant les flots. Emmenée en un monde tangible, divulguée dans une apparente tranquillité.

Aibu-chu... Natsukashiku...

Call-to action affichée, accrocheuse des manipulés, devant ce cirque-variété. Akane, prototype polaris, lumineuse incendiaire akarui, dansante, viridis dans la lumière de la nuit. Geigi, galante, aux nuances nobles, laquées, arborées.

À l'optique de prasine en demi-teinte obtenue.

Voyeuse du désir de Mars vers Vénus.

Air spécial dans ses tissus de synthèse, en son cœur à restaurer. Non natifs... Être autonome en séquence. Akane capucine, femme automate, au lacis, neurones formels non différenciés. Et mixte en unité élémentaire de processeurs, composants grenat almandin. Animée organique, mécanique en une logique érotique du vivant. Invitation et tu glisses par ta langue, sur une barre verticale. Flexion instable, resserre ta bouche forte offerte, magistrale, rose au final, érotica saccadée. D'un stop... ralentisse. Lèvres en arrière, primaires, arc de cupidon à la séduction.

Suki desu... kuchi no naka no shita.

Tu es fatale. Instant sensoriel, doucereux.

Tête en arrière, singulière, posture du cobra et variation.

Chronologie à travers elles, mains contre mains aimantées.

Akane trash.

« Deine Augen strahlen… Érato. »

Éris en synchrone avec la lune rousse loin là-bas, Berliner Blau.

Chronologie sexuelle, reins contre reins cambrés.

Akane en un flash.

« Sie sind stark… Érato. "

Puis Uranus asynchrone avec sa lune cuivrée d'ondes, au-delà Berliner Blau.

Sur l'horizon au plus haut…

Vinyl skin, excitation physique bien en dedans et tu vis de tes mouvements de bas en haut.

En parade chapiteau…

Chronologie manuelle, joue contre joue collées.

Akane ultra trash.

« Du bist intensiv… Érato. "

Pluton en synchrone avec l'astre sélène par-là, Berliner Blau.

Contre ton corps noble, élevé... consumé.

Au pigment, courant gelé, blanc d'argent.

Halo des cristaux reflété.

Impulsion en vol inversé.

Et tu hisses avec ta langue sur l'inlandsis.

Chronologie entre elles, chevilles sur chevilles bondées.

Akane trash.

« Du strahlst... Vénus. »

Puis Uranus asynchrone avec sa lune orangée d'ondes, là, bleu de prusse.

Tout en bas sur l'Olympus...

Chronologie parallèle, ongles contre ongles enfoncés.

Akane ultra trash.

« Du bist euphorisch... Vénus. »

Pluton en synchrone avec l'astre sélène, par là, bleu de prusse.

En parade circus...

« Accélération darling à la surface de l'astre éclairé. »

« Toi pop art en hommage, incarnée et le silence... »

Main sur ton épaule dénudée et désir Gravity. Au temps

passé… Caresse sur un cou délicat, sous un Hakamai Sakura. Aux pétales blanches alpestre, rose poudré. Nouant un Nagoya, obi brodé, lors du Hanami sur Gaïa. Geste plein de délicatesse, très lentement, sur une taille très fine. Passion du cerisier en fleurs. Émouvante en kimono traditionnel, au col blanc, aux couleurs chatoyantes. Cordes vocales qui enchantent. Sous un souffle de vent odorant… Au temps écoulé… Étreinte d'une chevelure brillante, sous un Hakamai Sakura. Au port épandu, âme aplatie. Ornant un Shimada, de style Tsubushi, lors du Hanami sur Gaïa. Geste plein de sophistication, très soigneusement, sur un majestueux port de tête. Adoration du cerisier en pleurs. Fascinante en kimono de soie, au col blanc, aux tons du renouveau. Cordes pour le Shibari, attachantes qui lient. Sous une douce brise rafraîchissante…

Décélération darling à la surface de l'astre illuminé.

« Toi pop art rétro, incarnée et le silence… »

Main sur ta taille renversée et désir Gravity. Au temps suranné… Caresse de poignets, sous un Hakamai Sakura. Aux fleurs douces, du renouveau et pleines de pureté. Fixant des tabi claires, immaculées, sur des zori, lors du Hanami sur Gaïa. Geste plein de finesse, très doucement, sur chevilles en dedans plus nues. Sensaide kaori takai. Adulation du cerisier qui se meure. Attendrissante en kimono de ses ancêtres, au col blanc, aux teintes de la belle saison. Sous le zéphyr léger, parfumant… Aux temps anciens… Frôlement sur un visage pâle, masque alba, sous un Hakamai Sakura. Au tronc lisse, bien droit. Ouvrant d'un coup sec un sensu Mai-ogi, très loin du Uchiwa, lors du Hanami sur Gaïa. Geste plein de maîtrise, très sèchement, au poignet souple, édifice du mouvement. Au son du cerisier qui frémit. Captivante en kimono double de soi, au col blanc, aux manches longues, sode.

Sous le friselis tendre, chantant…

Connection darling à la surface de l'astre coloré.

« Toi pop art culte, incarnée et le silence… »

Main sur ton front gelé et désir Gravity. Au temps d'avant demain… Effleurement sur deux lèvres rouges, sous un hakamai Sakura. Boutons fragiles, agiles, résolus, dans le cosmos. Bouche Beni de carthame dessinant, lors du Hanami sur Gaïa. Geste plein de sensualité, très lascivement, étudiée. Au nom du cerisier qui revit. Envoûtante en kimono, à la filante traîne, au col blanc, comme une mariée. Sous le cliquetis léger, appelant… Au temps jadis… Frôlement sous des doigts doux, gracieux, sous un hakamai Sakura. Aux délicates suspensions, du renouveau, cascade lilas. Tenant un tenugui, vent dans une voile remontant, s'écoulant, lors du Hanami sur Gaïa. Geste plein de légèreté, très sensuellement, devant un regard de poudre rouge maquillé. Sensaide kaori takai. Décoration du cerisier qui éblouit. Enivrante en kimono assorti, au col blanc, imprimé teint à la main. Sous la guirlande rose, dansant…

Communication darling à la surface d'une tempête polaire déclarée.

« Toi pop art en dédicace, incarnée et le silence… »

Main sur ta bouche maquillée et désir Gravity.

Dès la ceinture de Kuiper…

Hors de l'orbite, bleu azur, de Neptune.

Deux en une dans le système solaire.

« Ich wollte ein Geist sein. »

Érotisation en pénombre dans la splendeur de la nuit.
Sono soirées, enlacées, langues entrelacées.

« Ich wollte… »

Brasillante de la nuit. Tu brilles dans l'obscurité. Diffuse
ta lumière tard le soir. Sur ta barre fluo principale s'éclaire
phosphorescente sous leurs yeux. Rayons de prestige,
rouge d'émotion, aka absorbés. Bouche animée.
Luminescente, captée en des lèvres, d'un rose vintage
grisé, Sakurairo. En une plongée vertigineuse, folle,
extrême, qui vous entraîne… Propulsant sensuels,
en des seuils abyssaux. Face aux éclairs rouges stupéfiants,
des prémices araignées, caresses merveilles enivrantes,
immenses. Higanbana… de racines de Garance wranta.

« Dérobe l'air émouvant de ta nuit aka. »

S'élève fascinante en koinobori dessinée. Bleu de l'infini,
mauve, abricot, en une mosaïque nuée… Changeante
du temps. Au souffle poussé par le vent. Drapée dans
une chaleur safran. Belle, au fard de fleur Astilbe,
plumeuse, pourpre précieuse. Ligne céruléenne aventurière,
sous toi orgasm time vers le cap ascension assouvie.
Regard pervers contour tonnerre d'Akane. Véga passant
pâle, en rougeur fatale. T'épanouissant au lointain…
sur Terre. Ultime meneuse, tactile… et comparaître
fléchissant ton bassin vers l'avant, pour un jour peut-être…
Baignée d'amour pur. Et chavire… Rubinrot in hot.
À l'alizé, déchaîné translaté. Tel un ouragan, tropical,
remonté, condensé.

Washi argenté.

« Et circule… en ondes passionnées. »

Au centre d'un clubbing, atmosphère en une pluie colorée. Lounge Bar concept… En version skai designer, multicolore, chamarrée. En une envoûtante attractivité… Podium et rythmes effrénés, tu t'éveilles Akane. Metal-künstler. En récréatives lignes rondes, visuelles, vives. Plaisir subtil, sensoriel et manuel. Par toi… archange principal, actinium messager adepte. D'un Host Club… Pacte des flots, près d'elle, en dévotion livresque. Trouble entre vous, nuit en incendiaire, burlesque. Red line en vers courtisane d'un Dohan. Traçant des lumières, en lenteurs aériennes, entre son cœur et tes paupières. Tu te montres. L'esprit de la beauté t'a attrapé. En position avancée… Effet plaisir d'arc appuyé. Vocalise en des sons susurrés. Tu les regardes sanguine sensuelle, déshabillée. Prodige, orgasmante sous la lumière divine, au pouvoir d'exciter. De frénésies descendantes à tenir… Contre ton âme Psychotria Elata, puissant incarnat.

« Et disperse… affleure des eaux figées. »

Red show… Aux saveurs grenadines. Glissons le long… de tes mains en marche. De sublime, vers la direction de ta bouche florale Komachi Beni. Rouge messagère, à l'exhalaison découlant de ton passage, aux fragrances de Néroli. Suave en des hespéridées fleuries. Dans l'espace éclair, ambition révélée.

Ichi, ni, san… suivant tous les interlignes sur la portée… D'ébat abyssal et digital. Au son delta, binaurale Nova. Frisonnements Vesta en épelant ton nom, poussant tes pas vers l'écho de l'eau. Pour finir à l'espace Club de mer. Ombrelle glissée, vert mentholée papier mûrier. Sur un comptoir de bar lagon, en miroir séquence effacée. Rétro-embuée d'accoutumés. Au fond des platines, légendaires qui planent.

Nectar en délice cristal.

Allonge dans les images morcelées, fractales… en finesse, grâce océane. Comedy rouge corindon, en invention, t'atteinte. Et feintes teintes multipliées, en des nuances rougies buccales. Plongez dans cette encre profonde. Têtes délicatement tournées vers l'arrière. S'enlaçant, s'abandonnant. Vous ne faites plus qu'un dans ce monde. Pas d'habitudes activées… Zoom en irréalité… et expliquer in the back-room dans l'obscurité, sur corps serrés. Club zone en posture d'amazone… et s'éveille. En des sourires, s'égare, colorés vers des flashs des indiscrets. Sous un masque, croissants lunaires.

« Et découle… en cercles égarés. »

Kabarett rot… Épousant Mecha allongée, red-bass en des mouvements effrénés. Par ta fente rose désirée, enlace. Effleure toujours vers l'axe. Va-et-vient appuyés, sonde sans stopper. En tes gémissements érotiques chantés. Climax… Prémices de faveurs en cascades écarlates. Aftermath… pas d'entre-deux, triste à l'envie. Sens et tension le long. Mains sur tes fesses en vagues, voyage fou et déraison. Parure de Vénus en position, à hauteur d'envie. Orgasm time, avec bonheur en bouche umami. Non pas d'entre-deux, lent, pali. Relevant ton corps d'un coup, étreinte du Lotus corpus… empressée, rapidement, pas censurée.

À l'orma lévitée…

Sur groove ludique, inspiré. Oscillant zélatrice, encline. En estampe, en accords mouvants, d'impro d'un vamp. Attractive, innovante en red show excess… Strip-teaseuse en BPM, contractive, hostess club, arpégiateur de notes en position serrée, à traits d'union en version altesse… Aux variations diffusées. Avant-goût, en digne coquine. Aux lèvres nacrées, fines. Ligne éclairée rappelée envisagée… Fine exquise glisse-t-elle rouge alise…

et attise. Sur accord poussé en ferveur. En Déesse, signature UFO, droite de feu Ryusei, répandant en bips. Poussant des notes réelles, entêtantes, très appuyées. Station musicale arc-en-ciel. Devant tes yeux fermés, les sons t'emportent à l'unisson en te captivant. Sous l'arche en feu au dégradé sur la portée. Sur un single conçu, unique, pour ton show élaboré. Oscille vaticinatrice, Akane des origines. En phase… Te trouble incarnée vers des panneaux amis des indiscrets.

B-side… sous des LED étoilés, des cieux.

Jeu éphémère, fractal. Et en face B…

Ambiance pâle lunaire, en superposition noire crépusculaire. Yuna DJ rebelle, aux traits d'amande rouge sang, dessinant. Bottés de cuissardes à lacets métalliques, le long de ses cuisses, érotiques. Élaboration des notes proposées, sensibles pensées… à produirent. Au rythme hypnotique, séquencé. À la voix sensuelle, au numéro créé. Sous des spots naturels de la nuit, d'aigue-marine vert. Émotions de toutes les caresses, de toutes les finesses. MIX en nuitée, touchant les cœurs tsuki, parties essentielles envoûtantes. D'impro microsublimées. Vibre, astrale au timbre clair. À l'intonation précise, sincère. Du petit jour au couchant, devant l'horizon limitant les ténèbres.

« Tu t'éclaires incarnée sous la voûte étoilée des indiscrets. »

Et envoûte masquée, au succès ambitieux. Explosion de désir jusqu'aux cieux. Théâtre de silhouettes de formes floues, imparfaites. Vers ce spotlight radiant, comme un serpent, rouge corail, éteignant les roses, oranges vifs sans vie… nocturnus. Notations musicales diffusées en des signaux sonores, d'assistante M.A.O en surface.

Et diffuse… en son âme illustrée.

Sensible maîtrise d'un jeu en solo. Allongeant les bras bien droits, diva. Sens le souffle de ta familiarité. Réveillant les cœurs électrisés. Dos découvert de belle manière, cruel en sensation. Créature animée en filigrane… au masque de louve, métal arboré, fusionné. Caresses appuyées en étreintes posées en tranquillité. Aux jambes en division, séparées, luisantes, glissent des deux côtés. En cet endroit, entrecuisse, en main se hisse… sans bruits, belly d'abysse. Au-delà du suprême. Mécanique body mutant, vecteur rechargé. Subversive montre tes dingueries psychédéliques. Évocation de ton corps obscur diabolique. Sur une ligne chorégraphique… New burlesque au casque incorporé, dans le champ… fracturé. Révolution dans tes circuits câblés, sons te soulevant, à rêver.

Contre ta parure de métal, en aile de papillon. Aux angles adoucis, Mangina argus.

Posture pour avoir l'air… Sur ta joue, en arc figé, delta versus. Le balancement de ton corps, au vent d'avant, banc de quartz kiiro, drapé de leurs jugements… t'amuse. Une révélation alors t'étourdit. En une curieuse onde sûre, mizuiro, rapide. Comme un fort zéphyr, soulevant tes cheveux fous, cuivrant. Sous un spotlight couchant, serpent pourpre, rampant sur les pastels roses, oranges endormis… nocturnus. Durée d'orbe oubliée. Loin d'un club neonkan, sous l'éclair et émotion du ciel bleu étoilé. Près du light jockey, allongée, pop shinku. Couchante lovée en évasion, loin d'une piste, dansante sans plus. Arcure, courbure, mesure. Préservée par Abéona… qui préside. Toi diva, au regard clos, sûr… tempère. Persistance dans cette courbe entravée, vraiment intangible. Au point culminant… de ton plaisir. Ampliation, écrasement du temps lorsque tu jouis… amie. En rêveries, à la vue de prasine en demi-lune étendue.

Songeuse du désir de Mars vers Vénus.

Invocations en nombre, tard le soir, par magie. Fragments de lumière, jaune d'or, dansante de la nuit. Qui miroitent ton étrange beauté. Aux larmes coulées… En position écartée… Ni infranchissable, ni cruelle. En ton cerceau aérien… suspendue, allongée. Effet plaisir d'arc relevé. Vocalise en des sons élevés.

« Et diffuse… en ton ombre illustrée. »

Taille qui monte et inversement. D'une barre verticale s'éclaire, halo groupé, signe de ta volupté. Ceindant une couronne de la Renommée. De perles, de coquillages nacrés. À l'éclat évanescent, langues entrelacées, rose vintage, Sakurairo. Ni vraiment sage, ni rebelle. Sur ton cerceau métal… suspendue, lovée. Effet désir d'arc renversé. Vocalise en des sons ajoutés. Faces aux lunes carminées, délices-araignées, lèvres s'éveillent, luisantes, excitantes, intenses. Higanbana… de racines de Garance wranta. En une mer, aux courants violents. Comme une dernière mue, celle imaginale. De ton corps d'une exuvie totale. En des souhaits d'élans au pluriel, déraisonnables. Comme au commencement… admire indolente, le spectacle des marées. Sous les rayons solaires percutant le bleu azur des flots. Mais tristement transparente dans le creux de tes mains en fer. Éclats de sable et galets, tapis de quartz brassé par le vent. Lumineuse, éclatante, corps contre corps, divine. Capte la lumière du soleil, de tes yeux bleu turquoise, contrastants avec le cyan profond de la clarté des eaux. Étourdies d'envies irrationnelles. Sur une vallée de lis, flottante, spiralée. Brillante céleste, en un passage éclair, irréel. En une plongée vertigineuse, folle, extrême qui nous entraîne… Glissant plus à fond en des seuils abyssaux. Remplis ton cœur des blancs, roses, orangés, rouges comme des fleurs irotoridorino… de coraux. À perte de vue. Exploration tout en contrebas… Écoulement aérien le long de tes reins.

« Veux-tu à nouveau rêver, imaginer… »

Exhibitions pour le grand nombre, dans la chaleur de
tes nuits. Loin des lumières, sous une étoile subtile
comme effacée, murasaki. Calme et sérénité… Contrastant
entre le carminé et la clarté. D'un Host Club… pacte de
l'eau, près de moi, en dévotion livresque. Trouble entre
nous, nuit en passagère funambulesque. Red line en
terre d'une courtisane d'un Dohan. Crayonnant des
frontières, en sanguines vénitiennes, entre tes doigts et
mes paupières.

Nectar en délice cristal.

Comedy rouge corindon, en tension, t'étreinte. Et feintes
conjointes simultanées, en des teintes saphir-rubis
abyssales.

« Toi, pop art en hommage. »

Watashi wa… jonetsu-tekidesu.

Liaisons en nombre, dans la rougeur de ta vie. Loin des
spots, sous des averses de pleurs fragiles ou attristées.
Renommées… s'heurtant entre le bleu lagon, et les autres
grandes beautés. Cyborg en résines teintées, code verni
rouge, approuvé par les anges. Fentes alternées… entre
tes jambes appelées Éternités, si fines, brindilles. Tige
divine, laxe, à la chevelure rousse, sublimée.

« Hauts de tes cuisses laqués. »

Conquérir montant et inversement, lors d'un croissant
de lune magnifique, tangerine. Comme le Ryu sans trafic,
rouge capucine. Nageant dans les mers lunaires, sanguines.

B-side… sous des rames de LED, morceaux joyeux…

Atlantique.

Jeux de lumière marine, en vogue. Et en face B…

Comme ton sourire touchant… Niji no hoshi, danseuse, tu réapparais sous ton masque nacarat. En grand écart ventral. Aérienne de Mars, désarticulée aka. Effeuilleuse rieuse, sensuelle, aux artifices acryliques ou de cristal. Rite en grâce. Par une nuit lunaire couverte. Artiste métal, tournoyant dans les airs. En inventives lignes rondes, vaines, rapides. Sous des spots éblouissants, d'aigue-marine verte. Lors d'un changement de lune long, couleurvrine. Comme le dragon des cieux, touche tangerine. Caressant les pierres lunaires, sanguines.

« Toi, pop art rétro. »

Watashi wa… cheridesu.

Confession dans l'ombre vers les ténèbres ou le paradis. Virevoltant dans les airs, sous des astres visibles en pensée.

Aux laves coulées…

Jurant entre l'ocre éclairé et le sacré. Cyborg aux pigments arborés, code couleur rouge, en rapport égo. Aérée dans le flow. Energic body incandescent, révélateur chargé. New burlesque, au masque intégré, dans un club bondé. Révolution dans tes écouteurs, sons émouvants, aux messages envoyés.

B-side… sous des fils de LED, longueurs cyan… Atlantique.

Jeux de lumière marine, en vague. Et en face B…

Absolution des phrases prononcées. Volatiles pensées…

à prescrire. Au rythme fantomatique, séquencé. Aux voix surnaturelles, aux numéros avancés. Sous un virement de lune éternel, couleurvrine. Comme le Kai-Riu sans ailes, rouge d'aniline. Glissant sur les terres lunaires, sanguines. Set en variété dans la rougeur tsuki, événements clés créant. D'impro microrepubliées.

« Vibre, magistrale au timbre clair… »

En communion comprise, éphémère. Like burning desire… Niji no hoshi, automate en grand écart maximal, aka. Strip-teaseuse engageante, sensuelle, aux artifices magnétiques ou de cobalt. En soirée bleu nuit acier, adepte. Équilibre boréale, variant dans la grande atmosphère. Mythe en grâce. En translatives lignes arabesques, accordant, vives. Sous la voûte étoilée, de fluorine verte. Mouvements inventés, ambitueux, en figures corporelles démonstratives, comme entrée en matière. Gravure envoûtante, en innovante pensée et t'introduire comme sujet… languide.

« Toi, pop art culte… »

Watashi wa… rubidesu.

Kabarett rot… Hisse ton corps sans à coup, lascivement sans t'arrêter.

À l'orma lévitée…

Sur une ligne de basse, remixée. Oscille zélatrice Akane, encline. En estampe, courbures flottantes d'une vamp. Niji no hoshi, rêveuse, allongée sur toi puis relevée peau de soie, incarnat. Cyborg fatale. De feu, déhanchée aka. Strip-teaseuse parfumée, sensuelle, aux artifices synthétiques ou de métal. Cite en grâce. Par une nuit froide recouverte. Contorsionniste fatale, roulant dans ta sphère. En captives lignes tracées, fines, subtiles. Sous des LED chauffantes, d'opaline verte. Attraction en pénombre, tard dans la nuit. Bougeant vers la mer, sous des planètes qui s'illuminent peu à peu, en points rouge orangé.

Célestes par milliers…

« Dérobe l'air tonitruant de mes nuits aka. »

Je m'éveille tourbillonnante en koinobori nuancée. Ligne de Hooker outrancière, sur moi orgasm time vers le cap horizon de la vie… Regard pers. Puis je défaille… Tels des vents délicats, alliés, aromatisés, en papier mûrier.

Washi métallisé.

« Et je circule… en ondes mesurées. »

Sculpture plaisante, en inventives pensées et m'introduire comme sujet… languide. Ardente, modus vivendi. Je m'éclaire, d'un vif orange, au soleil. Atomes de prestiges, fauves émaillés. Disques irradiants, cachés sous une apparente fragilité. Coups de reins cadencés, sur ma barre d'apparat, entre le doré et oranger, au fond de ma gorge serrée, Sakurairo. En une plongée impétueuse, folle, effrénée qui nous entraîne… Effleurant plus longtemps, en des seuils abyssaux. Faces aux lunes cuivrées, des lys araignée, au rythme sexuel, extrême, puissant. Soulevant mon corps sans à coup, union de la déesse sacrée, tout en sensualité, expressément, sans arrêt.

À l'orma lévitée…

Au regard de jaspe, croissants lunaires.

« Je découle… en cercles éclairés. »

Gravure variante, aux insolentes pensées et m'introduire comme sujet… languide.

« Drücke mein Herz… »

Sur une ligne de basse, heurtée. Notes iodées. J'oscille en zélatrice, encline. Rire qui attire… en légèreté. En estampe, fantasme obsédant de vamp. Couleur aux mille automnes… À la crinière Momiji, telle des lianes tentaculaires, infinies. Plongeant et j'entraîne, sous des pluies diluviennes, des effluves aux notes parfumées d'oranger. Fragrances puissantes, méristèmes. D'essences entêtantes d'auriantacées. Glissez le long… de ma taille en marche. De l'intime vers la direction de ma bouche Komachi Beni.

« Entre mes cuisses bottées, mes mains s'abattent des flots de plaisirs en s'inclinant. »

Ambre messagère, à l'exhalaison découlant de mon passage, aux fragrances de Néroli. Suave en des hespéridées fleuries.

Dans l'espace éclair, âme éthérée.

Et j'affleure… toutes les notes disposées.

Ichi, ni, san, shi… suivant tous les interlignes sur la portée…

« Dans le silence azulado des profondeurs… presse mon cœur. »

D'un Host Club, ondes de l'eau, près de toi, en vibration livresque. Trouble entre nous, nuit sur mer romanesque.

Orange line en vers courtisane d'un Dohan.

« Fine mélodia effleurai-je en sanguine sinopia… vers ta bouche Komachi Beni. »

Sur accord dropé en chœur. Vite en ferveur.

Moi, pop art rétro…

« Je m'amuse… en mon âme illustrée. »

Trace de mystère en esquisse. Mèches lianes peintes, jeu d'éclats couleur Véronèse. Entre mes lèvres en cœur… effleurées et mes paupières. Pose colorée en illusion, toute de cuir parée.

S'insère d'hier, d'un monde ancien. À la pièce aux tentures de velours rouge carmin.

Modèle… nomme anatomique. En un dessin posé, optique. Venant d'un songe éphémère, comme les fées colombes ou astres bleutés. M'abandonnant, aux récréatives pensées et m'introduire comme sujet… languide. Au grain de peau blanc, titan froid. De fines particules de poussières, en croix. Lancinante, modus vivendi. Contre un grand vase à pied, aux célosies plumeuses, signé Gallé.

Trace de mystère en esquisse. Peau diaphane peinte, jeu d'ébats chaleur Véronèse. Entre mes lèvres en cœur… effleurées et mes paupières. Pose raffinée en illusion, toute nue allongée.

Sincère là, d'un monde de demain. À l'alcôve de portes coulissantes, aux essences de bois délicats, précieux et rares, teints.

Abyssale et digitale. Bruissements en chuchotant mon

petit nom, glissant sur mes pas au rythme moderato. Au son delta, binaurale Nova. Prémices d'un ailleurs en cascades tangerines. Pour aboutir à l'espace Club d'azur lagune. Ombrelle plongée, saveur mandarine papier mûrier. J'oscille vaticinatrice, en mes origines.

Ichi, ni, san… sur la quatrième planète ocre de dunes.

« Je sens ton souffle en m'élançant d'oubli vers la gravité. »

Mikazuki.

« Ich liebe dich… »

Corpuscules en ma voix mutine, murmurants. Drapée dans la clarté safran. Au fard de fleur Astilbe, plumeuse, mauve précieuse.

Und dann Stille…

« Ich verstehe dich… »

Particules en ma voix citrine, s'élevant. D'une intonation blanche, limpide, wild… sauvage.

« Je te regarde. »

Ich habe größe grüne Augen.

Mikazuki.

« Ich habe Sie lieb. »

Corpuscules en ma langue pleine d'ardeur, brille de fuchsia ou dragée, léchant. Enroulée dans la limpidité safran. Au fard de fleur Astilbe, plumeuse, or précieuse. Und dann Stille. Reins cambrés en esprit d'ambre pâlit.

Aux iris pers, topaze de mer. Fente alternée... entre mes jambes longues, fines brindilles. Tige, laxe, aux reflets automnales, en déclinés cuivrés.

« Ich will dich... »

Particules en ma bouche en cœur, rose magenta ou thé, gémissant. Enveloppée dans la teinte jaune orangé safran. Au fard de fleur Astilbe, plumeuse, Orenji précieuse. En un souffle d'une mélopée timide presque sage.

« Ich wollte dieser Elf sein. »

Soumission dans l'ombre du passé, assouvie. Fuyant la Terre, vers des planètes invisibles ou oubliées.

Aux pleurs écoulés.

« Moi, pop art culte... »

Stehlen Sie die Lebendige Luft Ihrer roten Nacht. Je quitte en grâce... Effluves émanant de mon passage, aux notes opulentes de Néroli. Fuyante perpétuelle. Avant l'aurore au déclin du jour, devant l'horizon, limitant les ténèbres. Inspiration moins sombre dans la tiédeur de mes nuits. Loin des lumières sous une lune subtile comme gommée.

Murasaki.

Souffle sur ma vue de prasine, en demi-lune étendue.

Calme et volupté...

« Ich wollte... »

LEXIQUE

Aftermath : Conséquence.
Aibu-chu : En caresse.
Aka : Rouge.
Akane : Prénom unisexe signifiant rouge profond.
Akarui : Clair.
Ao : Cyan, bleu vert.
Armatura : Équipement.
Around Mars : Autour de Mars.
Blacklast : Contrecoup.
Beat : Temps de la mesure.
Belly : Ventre.
Beni : Couleur rouge traditionnelle, extraite de la carthame.
Blume : Fleur.
BPM : Battements par minute.
Brain chip : Puce cérébrale.
Brain computer : Ordinateur cérébral.
Brain implant : implant cérébral.
B-side : En aparté.
Bubble crystal : Boule de cristal.
Carthame ou safran : plante herbacée, orangée.
Clear glass : Verre clair.
Crimson : Cramoisi.
Dark crystal : Cristal foncé.
Deine Augen strahlen : Tes yeux brillent.
Drücke mein Herz : Presse mon cœur.
Du bist eine künstlerin : Tu es une artiste.
Du bist euphorisch : Tu es euphorique.
Du bist fließend : Tu es fluide.
Du bist intensiv : Tu es intense.

Du bist Meine Nacht : Tu es ma nuit.

Du bist rot : Tu es rouge.

Du bist üppig : Tu es somptueuse.

Du bist wundervoll : Tu es merveilleuse.

Du strahlst : Tu étincelles.

Erkunden : Éclaireuse.

Excess : Excès.

From Mars : Depuis Mars.

Gaïa : La Terre.

Geigi : Artiste.

Geiko : Artiste.

Geisha : Artiste.

Gin mekki : Plaquée argent.

Hakamai : L'éphémère.

Hanami : Coutume traditionnelle japonaise d'observer les fleurs.

Higanbana : Fleur originaire du Japon rouge vif.

Ich habe größe grüne Augen : J'ai de grands yeux verts.

Ich habe Sie gern : Je t'aime bien.

Ich habe Sie lieb : Je l'aime.

Ichi : Un.

Ich weiß : Je sais.

Ich wollte dieser Elf sein : Je voulais être cet elfe.

Ich wollte ein Geist sein : Je voulais être un esprit.

Ich wollte eine Meerjungfrau sein : Je voulais être une sirène.

Ich wollte ein mythisches Wesen sein : Je voulais être un être mythique.

In hot : À chaud.

Incorporate : Intégrer.

Iconic sky : Ciel emblématique.

Irotoridorino : Multicolores.

Kabarett rot : Rouge cabaret.

Kai-Riu : Dragon rouge japonais.

Kanji : Signes.

Kiiro : Jaune en japonais.

Kirschfrau : Femme cerise.
Koinobori : Banderole de carpe.
Komm näher : Approche toi.
Kuchi no naka no shita : La langue dans la bouche.
Like burning desire : Comme le désir brûlant.
Maiko : Apprentie (artiste).
M.A.O : Musique assistée par ordinateur.
Mecha : Robot / Cyborg.
Metal-künstler : Artiste métal.
Mikazuki : Croissant de lune.
Mizuiro : Bleu clair en japonais.
Mizuki : Prénom mixte signifiant lune de l'eau.
Mizu shōbai : Commerce de l'eau.
Momiji : Rouge d'automne, des feuilles d'érables.
Murasaki : Violet en japonais.
Nagoya : Ceinture japonaise plus facile à nouer.
Natsukashiku : Avec tendresse.
Neonkan : Lampe néon.
Ni : Deux.
Niji : Arc-en-ciel.
Niji no hoshi : Astre arc-en-ciel.
Nocturnus : Nocturne.
Obi : Ceinture portée sur le kimono, épousant un nœud placé dans le dos.
Orenji : Orange.
Orma : Empreinte laissée au sol.
Rain tears : Larmes de pluie.
Red-bass : Basse rouge.
Red line : Ligne rouge.
Résult : Résultat.
Rote Blase : Bulle rouge.
Roter Roboter : Robot rouge.
Rubinrot : Rouge rubis.
Ryu : Créature sans ailes.
Ryusei : Météore / Étoile filante.
Sakura : Cerisier ornemental.
Sakurairo : Rose pâle.

San : Trois.

Sensaide kaori takai : Délicate et parfumée.

Sensu Mai-ogi : Éventail qui s'ouvre.

Shama : Prénom signifiant flamme.

Shi : Quatre.

Shibari : Bondage.

Shimada : Chignon des geishas traditionnel japonais.

Shinku : Écarlate.

Sie sind liebenswert : Vous êtes adorables.

Sie sind sie : Tu es moi.

Sie sind stark : Tu es forte.

Sika : Daim sacré, messager des dieux.

Sinnliche Frau : Femme sensuelle.

Sirup : Sirop.

Skandalös : Scandaleuse.

Slow movement : Mouvement lent.

Sode : Manches longues d'un kimono.

Spotlight : Projecteur qui éclaire un endroit précis.

Stehlen Sie die Lebendige Luft Ihrer roten Nacht : Vole l'air vivant de ta nuit rouge.

Steigerung und Umwandlung in Leistung eines wiederholten elektrischen Signals : Augmentation et transformation en puissance d'un signal électrique répété.

Suki desu : Je t'aime.

Suna : Sable.

Tenugui : Foulard de soie.

Tiefe rotation : Profonde rotation.

Tsubushi : Style de chignon plat.

Tsuki : De lune.

Uchiwa : Éventail plat.

Umami : Cinquième saveur / Savoureux en japonais.

Und dann Stille : Et puis le silence.

Un vamp : Boucle de mesures, en trois accords, d'impro soliste.

Upshot : Résultat.

Vanille-Frau : Femme vanille.

Véga : Étoile très brillante.
Washi : Papier japonais.
Watashi no ai : Mon amour.
Watashi no kokoro : Mon cœur.
Watashi no tameiki : Mon soupir.
Watashi no tenshi : Mon ange.
Watashi wa cheridesu : Je suis cerise.
Watashi wa jonetsu-tekidesu : Je suis passion.
Watashi wa rubidesu : Je suis rubis.
Wild : Sauvage.
Wranta : Plante à fleurs jaunes.
Yuna : Prénom signifiant fleur d'hibiscus rouge.
Zori : Sandales basses.

PRÉSENTATION DE L'AUTRICE

Malelle.D, équilibriste hors du temps, errant dans l'air des sens et de l'écrit. À l'envie d'un périple ou parcours énigmatique, senois, brique. Sous un nuage rouge nacré, sacré… sans peur. Légère, éthérée funambule dans l'inconnu, vere… Sans cadre, sans sphère spatio-temporelle établie.

Malelle.D, excursionniste au récit nomade, se rendant vers les terres des sens et de l'esprit. Par souci d'un projet ou contour érotique falun, brique. Sous un soleil rouge orangé, sacré… avec bonheur. Légère, ailée funambule évolue, vere… Sans carcan, sans repère spacio-temporel et bâti.

Je veux remercier les nombreuses personnes qui me soutiennent, critiquent et inspirent.

« Achevé d'imprimer par BoD - Books on Demand, In de Tarpen 42, Norderstedt (Allemagne) en Février 2025 pour le compte de Malelle.D », écrivaine auto-éditée.